冥《めい》界《かい》伝《でん》説《せつ》
たかむらの井《い》戸《ど》

たつみや章・作　広瀬弦・絵

きみは井戸《いど》に入ったことがある？　地下から水をくみあげるために、深《ふか》く地面《じめん》を掘《ほ》って作った、あの井戸《いど》の中にだ。

ぼくはいま、井戸《いど》の底《そこ》にいる。うんと昔《むかし》に掘《ほ》って、でもお父さんが子どものころに半分ぐらいまでうめてしまったんで、いまは水は入ってないかれ井戸《いど》だけどね。

ぼくはここにデンセツを調《しら》べにきた。デンセツっていうのは、漢字《かんじ》で『伝説《でんせつ》』って書く。昔《むかし》からのいい伝《つた》えのことで、それによると、おばあちゃんの家のこの井戸《いど》は、メイカイにつながってるんだって。

メイカイって、知ってる？

漢字《かんじ》で書くと『冥界《めいかい》』っていうそこは、ぼくたちが住《す》んでるこの世界《せかい》とはちがう、『あの世《よ》』なんだって。

つまり、この井戸《いど》のどこかに、別《べつ》の世界《せかい》へいけちゃうドアがあるんだ。

お父さんからそれを聞いたとき、ぼくはすごくドキドキした。だから調《しら》べにきたんだ。

ぼくがその伝説《でんせつ》のことを最初《さいしょ》に聞いたのは、きのうのばんごはんのときだった。

1　おばあちゃんの家の伝説《でんせつ》

ぼくは高村悟《たかむらさとる》、小学三年生。

ここは京都《きょうと》市の東山《ひがしやま》の近くにあるおばあちゃんの家で、ぼくは毎年、お父さんとお母さんといっしょに、お盆《ぼん》のお参《まい》りをしにこの家にくる。お父さんの会社が夏休みの一週間、おばあちゃんの家にとまるんだ。

おばあちゃんの家は、東京《とうきょう》のぼくの家より何十倍《ばい》も広い。家も庭《にわ》もだ。古くて大きくてうす暗《ぐら》い母屋《おもや》と、いつも雨戸がしまってるはなれと、いつもかぎがかかってる倉《くら》と、あぶないから近づいちゃいけない古井戸《ふるいど》がある。

庭《にわ》のまわりには土《ど》べいがあって、登《のぼ》るとおこられる。古いへいだから、登《のぼ》るとくずれるかもしれなくて、あぶないんだって。

庭《にわ》は、ぼくの近所《きんじょ》にある児童《じどう》公園より広いかんじ。うらのほうは草ぼうぼうで、いろんな種類《しゅるい》のバッタやカエルがいっぱいいる。ヘビも見た。倉《くら》のうしろの木のところへいくと、セミのぬけがらがいっぱい見つけられる。

おばあちゃんの家は、とっても
おもしろい。

おばあちゃんは、お仏間《ぶつま》にある
お仏壇《ぶつだん》の中にご先祖《せんぞ》さまたちがいるって
いって、ぼくに毎朝お参《まい》りをさせる。
でも、大きなお仏壇《ぶつだん》をおくまでよーく
のぞいてみても、中にあるのは小さな観《かん》
音《のん》さまのお像《ぞう》と、死《し》んだおじいちゃんや
もっと昔《むかし》のご先祖《せんぞ》さまたちの名前を書い
た、お位牌《いはい》っていうものだけ。
ご先祖《せんぞ》さまなんて、どこにもいない。
もしかして朝だから見えないのかな。
ご先祖《せんぞ》さまっていうのは、もう死《し》んでる
んだから、ゆうれいとおんなじで夜しか

見えないのかもしれない。

そう思って、きのうは、夜になって部屋《へや》が真《ま》っ暗《くら》になってたときにいってみた。暗《くら》い部屋《へや》に入っていくのは、ちょっとこわくってドキドキしたけど、ぼくはご先《せん》祖《ぞ》さまが見たかったんだ。

でも、やっぱりお仏壇《ぶつだん》の中にはなんにもいない。

暗《くら》いからゆうれいは出てくるかもしれないと思って、こわいのをがまんしてまっててみたけど、ゆうれいも出てこなかったんだ。

それで、おばあちゃんにそういったら、ご先祖《せんぞ》さまはみんなジョウブツしてるから、ゆうれいなんかにはなってないし、成仏《じょうぶつ》したホトケさまを見られるのは、何十年もシュギョウを積《つ》んだ人だけなんだって。

「どうして？」

「そういうものなんやわ」

「そう決《き》まってるの？　だれが決《き》めたの？」

「だれが決《き》めたということやなく、夏は暑《あつ》くて冬は寒《さむ》いのとおんなじことや。ほれ、お漬《つ》けもお食べ」

おばあちゃんはそういって、ぼくのごはんにナスの漬《つ》けものをのっけた。

うわあっ、ぼくはナスは好《す》きじゃないのに〜っ！

「なんだ、悟《さとる》はゆうれいが見たいのか？」

お父さんが、和夫《かずお》おじさんのコップにビールを注《つ》ぎながらいった。

「悟《さとる》、おしゃべりばっかりしていないで、ちゃんとごはんを食べなさい」

お母さんが、ぼくとお父さんとの話をじゃまするかんじにいった。お母さんはゆうれいの話はきらいなんだ。

「そういえばおまえもチビのころ、そういう話が大好《す》きだったよなァ」

和夫《かずお》おじさんがお父さんのコップにビールをお返《かえ》ししながらいった。

おじさんはお父さんのお兄さんで、おばあちゃんといっしょにこの家に住《す》んでる。光子《みつこ》おばさんと智子《ともこ》ちゃんと幸恵《ゆきえ》お姉ちゃんもだ。

「うん、好《す》きだった好《す》きだった」

お父さんがえだまめに手をのばしながらウンウンとうなずいた。

「おやじのえいきょうだったけどな、興味《きょうみ》もったのは」

おやじっていうのは、お父さんのお父さんのことで、つまりもう死《し》んじゃったぼくのおじいちゃんだ。

「おじいちゃんもゆうれいを調《しら》べるの好《す》きだったの?」

ぼくはお母さんにえんりょしながら、小さな声できいてみた。

「ゆうれいやなんかの心霊現象《しんれいげんしょう》にっていうよりも、『小野篁《おののたかむら》』に興味《きょうみ》があったんだよな、おまえのおじいちゃんは」

お父さんはなつかしそうに目を細めていった。

「うちの井戸《いど》が篁《たかむら》の伝説《でんせつ》に関係《かんけい》あるんじゃないかって、ずいぶん調《しら》べてたらしいぞ」

ぼくは耳がピクンッてした気がした。なにかおもしろそうなことを聞きつけると、ぼくの耳はピクンッとなるんだ。

「伝説《でんせつ》って?」

「昔《むかし》から伝《つた》わってる話のことさ」

「昔話《むかしばなし》?」

「『昔々《むかしむかし》あるところに』っていう昔話《むかしばなし》とは、ちょっとちがう昔話《むかしばなし》だがな。たとえば、うちの井戸《いど》には」

お父さんが話しはじめようとしたとき、おばあちゃんが「孝夫《たかお》、およしやす」

とじゃました。

孝夫《たかお》っていうのはお父さんの名前で、お父さんがぼくのことを「悟《さとる》」って呼《よ》ぶように、おばあちゃんはお父さんのことをそう呼《よ》ぶ。

「悟《さとる》はあんたに似《に》て好奇心《こうきしん》が強い子やから、あんたのまねをせえへんともかぎらないやろ。あんたが落《お》ちたころには、まだ水があったから大きなけがはせんかったけど、あのあと井戸《いど》はうめてしもうて、底《そこ》は土になってる。落《お》ちたらうでぐらい折《お》るやろ」

「あれは、落《お》ちたんじゃなくって、下《お》りたんだって」

頭をかいたお父さんに、お母さんがきいた。

「あなた、井戸《いど》に落《お》ちたことがあるの？」

「落《お》ちたんじゃなくて、下《お》りたんだよ。ロープを使《つか》ってね。ただ、下《お》りたはいいが上がれなくなってしまって、大さわぎになっちまってな」

「いくつのときだったの？」

「小学校三年だな」

「ぼくとおんなじ年《とし》だ！」

うれしくなってさけんだぼくを、お母さんがじろっとにらんできていった。

「悟《さとる》はまねしちゃだめよ。井戸《いど》に近づいたりしたら、夏休みじゅうおやつぬきですからね」

ぼくは（それは困《こま》る！）と思って、

「はーい」

と返事《へんじ》した。

「それでお父さん、どうして井戸《いど》に下《お》りたの？」

「ああ、それはな」

お父さんは話してくれようとしたんだけど、お母さんとおばあちゃんが目からダメダメ光線を出したんで、頭をかいていうのはやめてしまった。

「ちょっとむずかしい話だからな、悟《さとる》がもう少し大きくなってから教えてやる」

「むずかしい話でも、ぼく、わかるよ」

「日本のレキシの話だぞ？　ヘイアンジダイとかケントウシとか、知ってるか？」

ぼくは「知ってるよ」とうそをつこうとしたんだけど、

「三年生の社会科だと、『お年よりが子どもだったころのわたしたちの町のようす』までよね」

と、お母さんが先まわりしていってしまった。

「日本史《にほんし》を習《なら》うのは、六年生になってからみたいよ」

「そうか。じゃあ悟《さとる》が六年生になって、そのへんの勉強《べんきょう》をすませたら、『高村家《たかむらけ》の伝説《でんせつ》』を教えてやるからな。楽しみにしてろ」

お父さんはいい、ぼくはがっかりした。

ぼくが六年生になるのって……来年が四年生で、その次が五年生で、その次がやっと六年生だから、次の次の次の年じゃないか。そんなずーっと先にしか教えてもらえないなんて、ちっとも楽しみじゃないよ。

「ほら、悟《さとる》、ごはんが減《へ》ってないわよ。さっさと食べなさい。お魚《さかな》もね。ふりかけ、かける？」

お母さんが世話《せわ》をやいてきて、ふりかけを取《と》ってもらっていたあいだに、お父さんはおじさんと別《べつ》の話をはじめてしまい、そのまま井戸《いど》の話はおしまいになってしまった。

2　智子《ともこ》ちゃんはおばけを見た！

　とってもとっても知りたいのに、とうとう教えてもらえなかった井戸《いど》の伝説《でんせつ》は、すごくすごーく気になって、その夜はそのことばっかり考えてた。

　それで次の日の朝、お父さんと二人きりで散歩《さんぽ》に出たときに、もういっぺん聞いてみたら、お父さんは「お母さんにはないしょだぞ」っていって、教えてくれたんだ。

「平安時代《へいあんじだい》っていう、いまから千二百年ぐらい昔《むかし》に、小野篁《おののたかむら》という人がいてな。国の役所《やくしょ》の役人《やくにん》だった、ものすごく頭のいい人だ。ところがその篁《たかむら》というのがふしぎな人で、昼間はふつうに役所《やくしょ》で仕事《しごと》をしてるんだが、夜になると、こんどは冥界《めいかい》の役所《やくしょ》にはたらきにいくんだそうだ」

「ふ〜ん。メイカイって？」

「冥界《めいかい》というのは、死後《しご》の世界《せかい》……つまり、死《し》んだ人がいく場所《ばしょ》だな。だが伝説《でんせつ》では、篁《たかむら》は生きてるうちからそこへ通ってたんだそうだ。お父さんが毎日会社に仕事《しごと》にいくみたいに、毎晩《まいばん》、冥界《めいかい》の役所《やくしょ》にいって仕事《しごと》をして、朝になるとこっちに帰ってくる」

「それじゃ、いつねるの？」

「ん？」

「昼間も夜も仕事《しごと》して、いつねるの？」

「あー……」

お父さんは困《こま》った顔で頭をかいて、

「日曜日じゃないか？」

といった。

「とにかく、ふつうの人はいけないところに毎晩《まいばん》通ってたというふしぎな人だからな。ねなくても平気《へいき》だったのかもしれないぞ」

「ふ～ん。それで？」

「うん、それでな、篁《たかむら》は六道珍皇寺《ろくどうちんのうじ》というお寺の井戸《いど》から冥界《めいかい》に通ったそうなんだが、ほかにも使《つか》っていた井戸《いど》があって、うちの井戸《いど》がその一つだっていういい伝《つた》えがあるんだ」

「井戸《いど》を使《つか》って……って？」

「あーつまり、冥界《めいかい》っていうのは地面《じめん》の下にあるんだ」

「ええと、駅《えき》の地下街《ちかがい》みたいに？」

「まあ、そんなかんじかな。もっとうんと深《ふか》いところにあるんだろうけどな。うちの井戸《いど》は、そこへいくための入口になってたんだそうだ。伝説《でんせつ》ではな」

「ふ～ん」

「おれも、ふしぎな井戸《いど》だとは思ってたんだ」

「おばけがいたとかっ？」

「いや。井戸《いど》の底《そこ》に石塔《せきとう》がしずめてあるのさ。石塔《せきとう》ってわかるか？　石で作った、まあ墓石《はかいし》みたいなもんだ。それが井戸《いど》の底《そこ》にあったんだ」

「だれかのお墓《はか》？」

「井戸《いど》の底《そこ》に墓《はか》なんか作らんさ。井戸《いど》っていうのは、いまの水道みたいな役割《やくわり》で、みんな井戸《いど》からくんだ水で暮《く》らしてたんだ。飲《の》み水にしたり、ごはん炊《た》きに使《つか》ったりな」

「ふ～ん。じゃあ、そのセキトウはなんだったの？」

「おふくろは『井戸神《いどがみ》さま』と呼《よ》んでたが、おやじは、封印石《ふういんいし》じゃないかといってたな」

「フウインイシって？」

「あー……説明《せつめい》するのはむずかしいな。悟《さとる》がもっと大きくなったら教えてやる。ともかく、おやじからその話を聞いたのが、ちょうど悟《さとる》とおんなじぐらいの子どものころで、おもしろそうだと思って、井戸《いど》を調《しら》べにいったんだ」

「なにかわかった？」

「いいや。あのころはまだ井戸《いど》の中に水があって、上から見たら浅《あさ》そうだったんだが、ドボンと入ってみたら、父さんの背《せ》よりうんと水が深《ふか》くってな。すぐそこにあるみたいに見えてた石塔《せきとう》までも足がとどかなかった。それでこわくなって、下《お》りてくるときに使《つか》ったロープを登《のぼ》ろうとしたら、手がすべって登《のぼ》れないんだ」

「ぼくは、ターザンロープを登《のぼ》るのはとくいだよ」

「父さんだって、木登《のぼ》りもユウドウエンボクもとくいだったんだ。しかしあのときは、ロープが細かったせいかなァ、どうやっても登《のぼ》れなかった。それでとうとう『助《たす》けてー！』ってどなって、おやじに助《たす》けだしてもらったんだが、まあ、おこられたおこられた」

お父さんはちょっと笑《わら》った顔でいった。おこられた話なのにさ。

「おしりぶたれた？」

「ああ。悟《さとる》のじいちゃんは、おこるとこわかったからなァ。『おぼれて死《し》んだらどうする気だったんだ！』って、しりがはれちまうほどおしおきされたよ」

「ふ〜ん」

ぼくもときどき、お父さんやお母さんにおしりをたたかれる。お母さんよりお父さんにたたかれるほうがいたいんだ。

「しかしまあ、井戸《いど》はもううめちまったから、伝説《でんせつ》もおわりさ」

お父さんはちょっぴりさびしそうな声で、残念《ざんねん》そうにいった。

ぼくはお父さんから聞いた井戸《いど》の伝説《でんせつ》を、智子《ともこ》ちゃんにも話してあげようとした。智子《ともこ》ちゃんはぼくとおんなじ三年生だから、きっとまだ教えてもらってないだろうと思ったんだ。

ところが智子《ともこ》ちゃんは「知ってるわ」といった。

「うちの井戸《いど》のことだもん」

そして、がっかりしたぼくにいった。

「いい伝《つた》えはほんとなんだから、井戸《いど》のとこには、いっちゃだめよ」

って。こわい話をするときのヒソヒソ声でさ。

「どうして、ほんとだって知ってるの？」

ぼくは聞いた。

智子《ともこ》ちゃんはきょろきょろと部屋《へや》の中を見まわしてから、ぼくの耳に口を近づけると、ないしょのないしょのないしょ話の声でいった。

「だってあそこには、おばけがいるもの」

「ほんとっ？　おばけ見たのっ？」

びっくりして大きな声でいっちゃったら、智子《ともこ》ちゃんはおっかない顔になって
「しーっ！」とぼくをにらんだ。

「聞かれたら、家に入ってきちゃうんだからねっ。オバケって言葉《ことば》は大きな声でいっちゃだめなの！　もしも家に入ってきて、おトイレにかくれてたりしたらこわいでしょっ？」

たしかに、それはとってもいやだ。

「じゃあ『おばけ』って言葉《ことば》はいわないからさ、見たときのことを話してよ」

ぼくは『おばけ』のところは声は出さないで口だけ動《うご》かしていった。

「井戸《いど》にもいっちゃやだめよ」

智子《ともこ》ちゃんは（約束《やくそく》して）という顔でいい、ぼくは「うん」と返事《へんじ》した。そういわないと、きっと智子《ともこ》ちゃんは話してくれないからだ。

智子《ともこ》ちゃんは、「ぜったいいっちゃやだめよ」と念《ねん》をおし、「もしも見つかって、家の中までついてこられちゃったら困《こま》るんだから」とつけくわえた。

「わかった、いかない」

ぼくは約束《やくそく》した。

「だから教えてよ」

「だれにもひみつよ」

「うん、わかった」

「指切《ゆびき》りして」

「うん」

ぼくたちは指切《ゆびき》りげんまんで約束《やくそく》し、やっと智子《ともこ》ちゃんが教えてくれた。

「あのね、白っぽく光ってるの」

「ふ〜ん」

「一番最初《さいしょ》に見たときは、井戸《いど》のそばの倉《くら》の、屋根《やね》のところを飛《と》んでたの」

「夜？」

「ううん、夕方。ソロバン教室から帰ってきたときに見たんだから」

「どんなやつだった？」

ぼくはドキドキしながら聞いた。

「だから、白っぽい光なのよ。ふわ〜ふわ〜って飛《と》んでたの」

「ヒトダマ？」

「わかんない。わたし、ヒトダマ見たことないもん」

「ぼくが持《も》ってきた本に出てるよ。見せてあげる」

せっかくいってあげたのに、智子《ともこ》ちゃんは無視《むし》した。

「その次に見たときは、ふわふわ〜って井戸《いど》に入っていったの」

「わあ、じゃあきっと冥界《めいかい》からきたヒトダマだったんだ」

智子《ともこ》ちゃんは返事《へんじ》をしないで自分の話をつづけた。

「それでね、三度目《どめ》のときは……」

でも、そこまでいって口ごもっちゃったんで、

「三度目《どめ》のときは？」

とつづきをさいそくした。

智子《ともこ》ちゃんはちらっちらっとあたりを見まわしてから、早口でコソコソソッといった。

「三度目《どめ》のときはね、井戸《いど》から出てきて、ついてきたの」

「ええっ？　追《お》っかけて

きたのかっ？」

智子《ともこ》ちゃんはぶるぶるっとふるわせたかたを両《りょう》うででだきしめながらいった。

「おばあちゃんが『お月さんにおそなえするススキを取《と》ってきてちょうだい』っていうから、こわくっていやだったけど、ススキがいっぱいある井戸《いど》のところにいったの。そしたらね、井戸《いど》からふわふわ～って出てきて、ふわんふわんってこっちにきたの！走ってにげてお玄関《げんかん》に飛《と》びこんで、『きちゃだめ！』って戸をしめたの」

「それでっ？」

ぼくは目がキラキラッてなりながら聞いた。

「それだけよ」

智子《ともこ》ちゃんはおこってるいいかたでいった。

「それだけ？」

「お玄関《げんかん》にはお札《ふだ》がはってあるから、アレは入ってこられなかったのっ」

ぼくは（なあんだ）と思った。お札《ふだ》で追《お》いはらえるおばけなら、こわくないよ。

「そのあとは？」

「見てない。井戸《いど》のほうには、ぜったいいかないようにしてるし」

「ふ〜ん」

「だから悟《さとる》ちゃんもいっちゃだめよ」

智子《ともこ》ちゃんはしんけんな顔でいった。

ぼくは（お札《ふだ》を持《も》っていけばだいじょうぶだな）と考えた。お札《ふだ》があれば、おばけが追《お》いかけてきたって平気《へいき》だ。

そして、決《き》めたんだ。井戸《いど》を探険《たんけん》しにいこうって。

3　冥界《めいかい》エレベーターをさがせ

智子《ともこ》ちゃんが、井戸《いど》に出たり入ったりするおばけを見たってことは、お父さんがいった『あの井戸《いど》は冥界《めいかい》との出入口だ』っていう伝説《でんせつ》は、ほんとうだってことだ。きっと、井戸《いど》の中にエレベーターがあるんだろう。それも、ふつうに見たんじゃわからないようにかくしドアにしてある、ひみつのエレベーターだ。

井戸《いど》は半分ぐらいまでうめられちゃってるから、きっとエレベーターは土の下にうまってるんだと思う。

「スコップがいるな」

と思いついた。

まずは土を掘《ほ》って、エレベーターのドアをさがさなきゃ。

それと、おばけが出てきたときに、げきたいするためのお札《ふだ》もいるぞ。

エレベーターを見つけたら、お父さんにいっしょにきてもらって、冥界《めいかい》を探険《たんけん》するんだ。生活科の宿題《しゅくだい》で、お父さんの会社を探険《たんけん》させてもらったときみたいにさ。

お父さんの会社は、インスタントラーメンなんかを作ってる食品《しょくひん》会社だ。

お父さんがいつも仕事《しごと》をしてる事務所《じむしょ》は、つくえに一台ずつパソコンがあるほかは、学校の職員室《しょくいんしつ》みたいなかんじであんまりおもしろくなかったけど、工場のほうは、大きな機械《きかい》がゴンゴンいいながら動《うご》いてておもしろかった。帰りにおみやげももらったし。

でもって冥界《めいかい》は、もっとおもしろいんじゃないかと思うんだ。伝説《でんせつ》に出てくる、冥界《めいかい》に通ってた小野篁《おののたかむら》は、三好《みよし》くんのお父さんみたいな市《し》役所《やくしょ》の人らしい。

市役所《しやくしょ》は、お母さんといっしょにいったことがあるけど、お父さんの会社の事《じ》務所《むしょ》とおんなじようで、べつにおもしろいものはなかった。足でペダルをふむと水が出る水飲《みずの》み機《き》が、ちょっとおもしろかったぐらいだ。

でも冥界《めいかい》の市役所《しやくしょ》だったら、きっとすごくおもしろいんじゃないかと思う。死《し》後《ご》の世界《せかい》なんだから、まど口にすわってるのはゆうれいだとかさ。仕事《しごと》をしてる人たちがようかいだったりするかもしれない。

ぼくはこわいのは苦手《にがて》だけど、ゆうれいやおばけやようかいは大好《す》きだ。本だっていっぱい持《も》ってる。

だからぼくは、ぜったいに冥界《めいかい》へのエレベーターを見つけだして、お父さんと探険《たんけん》にいくんだ。

お父さんといっしょならなにが出てきたってこわくないし、ほんもののゆうれいやようかいが出てきたらビデオカメラでとってもらえるしさ。

冥界《めいかい》にいって、いっぱいいっぱい調《しら》べて、ぼくはようかい博士《はかせ》になるんだ。

『世界《せかい》でいちばんようかいにくわしい、ようかい博士《はかせ》・高村悟《たかむらさとる》』!!

うふふっ、うふふふっ、カ〜ッコイイだろ〜?


ぼくはさっそく準備《じゅんび》に取《と》りかかった。

だって急《いそ》がないと、あさっての日曜日には東京《とうきょう》に帰ることになってるんだ。

スコップは、庭《にわ》そうじの道具《どうぐ》が入れてある物置《ものおき》にあった。大きいのと小さいのがあって、大きいほうがいいだろうと思ったんだけど、持《も》ってみたら重《おも》すぎた。小さいほうでいいってことにしよう。ええと、井戸《いど》にいくときに取《と》りにくればいいな。

それから、お札《ふだ》を借《か》りに玄関《げんかん》にいった。

お札《ふだ》は玄関《げんかん》の外側《がわ》の、戸口の上の高いところにはってあって、ふみ台を持《も》ってこなくちゃとどかない場所《ばしょ》だった。

ふみ台なら、お仏間《ぶつま》にある。

ぼくはお仏間《ぶつま》にふみ台を取《と》りにいき、玄関《げんかん》へ運《はこ》んでいった。ところがふみ台に乗《の》っても、お札《ふだ》まで手がとどかなかったんだ。背《せ》のびしてみても、思いきってぴょんっと飛《と》んでみてもだめ。

「うーん、取《と》れないや。お守《まも》りでもいいかあ」

交通安全《あんぜん》のお守《まも》りなら、神社《じんじゃ》で買ってもらったのを持《も》っている。

「うん、おんなじようなもんだよな」

ということにした。

家の中でお母さんの声がしたんで、急《いそ》いでふみ台をお仏間《ぶつま》に返《かえ》しにいった。

ぼくは、エレベーターさがしも冥界《めいかい》の探険《たんけん》も、お母さんやおばあちゃんたちにはないしょでやるって決《き》めてた。きっと「だめ」っていわれるからだ。

ぼくはお父さんとは気が合うけど、お母さんとは気が合わない。お母さんは女だから、ぼくがおもしろいと思うことを、おもしろいってわからないんだ。あぶないって心配《しんぱい》したり、きたないっておこったりしてさ。

部屋《へや》にいって、リュックサックにつけてたお守《まも》りをはずして、ズボンのポケットに入れた。

ええと、あとはどんな道具《どうぐ》がいるかな。家から持《も》ってきたのは、『おばけ百科』の本と、北や南がわかる磁石《じしゃく》と、虫めがねとふでばことハサミと、誕生日《たんじょうび》に買ってもらったデジタルカメラ。

考えてみて、リュックサックごとぜんぶ持《も》っていくことにした。

おっと、のどがかわいたとき用の水筒《すいとう》もいるぞ。でも、水筒《すいとう》はどこだ？

ぼくはお母さんに聞きにいった。

「お母さん、ぼくの水筒《すいとう》は？」

おざしきで絵はがきに手紙を書いてたお母さんは、ちょっとうるさそうに、

「お台所《だいどころ》よ」

と返事《へんじ》した。

「台所《だいどころ》のどこ？」

「食器《しょっき》だなのところにおいてあるけど。どこか出かけるの？」

ぼくはドキッとした。

井戸《いど》へいくのはお母さんにはないしょだ。なにかうまいいいわけを考えださなきゃ、早く！

「え、ええと」

でも心臓《しんぞう》がドキドキとあせっちゃってて、うまく考えられない。

「ちょっとそこまで」

ってごまかしたぼくに、

「あぶないところへいっちゃだめよ」

お母さんはうわの空な調子《ちょうし》でいった。つくえにならべた絵はがきを、あれにしようかこれにしようかと選《えら》んでたからだ。

ぼくは急《いそ》いで、「あぶないとこなんかいかないよ」と返事《へんじ》した。

「お昼には帰っていらっしゃいね」

「はーい」

台所《だいどころ》にはだれもいなくて、ほっとした。ぼくは水筒《すいとう》に氷《こおり》と水をつめて部屋《へや》にもどった。

それから水筒《すいとう》も入れたリュックサックをしょって、こっそり玄関《げんかん》にいった。こっそりくつをはいて、外に出た。

「光子《みつこ》さん」

と、家のおくのほうでおばあちゃんがおばさんを呼《よ》ぶ声がした。

「お昼はおそうめんがええねえ」

ぼくはそうめんより冷《ひ》やし中華《ちゅうか》のほうがいいなあと思いながら、だれにも見つからないようにコソコソソッと物置《ものおき》まで走った。

小さいほうのスコップを持《も》って、忍者《にんじゃ》みたいにコソコソソッと井戸《いど》に向《む》かった。

網戸《あみど》だけにしてあるお勝手口《かって》の

外を通るときはドキドキしたけど、だれにも見つからなくてすんで、ほっとした。

心配《しんぱい》なのは、智子《ともこ》ちゃんが見たおばけが、まだちゃんと井戸《いど》にいるかどうかだ。

倉《くら》の横《よこ》にある井戸《いど》へいくには、ぼくの背《せ》たけぐらいあるススキのしげみをかきわけていかなくちゃならなかった。

ススキの葉《は》っぱはカッターの刃《は》みたいにするどくて、気をつけてさわらないとシュッと手が切れる。ドバッと血《ち》が出るほど切れるわけじゃないけど、おふろに入ったとき、ピリピリいたいんだ。

だからぼくは、手や足を切られないように用心深《ぶか》く、ススキをかきわけていった。

井戸《いど》は石を積《つ》んで作った縁《ふち》で囲《かこ》ってあって、縁《ふち》の高さはぼくのひざよりちょっと上ぐらい。だから、井戸《いど》があるのに気がつかなくて、うっかり落《お》っこちるなんてことはない。

葉《は》っぱの先っちょに止まってた赤トンボが、パラッと羽を鳴らして飛《と》んでいったのを見おくりながら、足を前に出したら、つま先が固《かた》いものにぶつかった。

でっかい石だった。それから十歩ぐらいで、また足が固《かた》いものにぶつかった。こんどのは井戸《いど》の縁《ふち》だった。

ぼくは井戸《いど》の上におおいかぶさっているススキをどけて、中をのぞきこんだ。

「ありゃ、けっこう深《ふか》いや」

落《お》ち葉《ば》が積《つ》もってる井戸《いど》の底《そこ》は、ずいぶん下のほうにある。

でも、えいっと飛《と》びおりてもだいじょうぶそうな高さだけど。問題《もんだい》は、井戸《いど》から出るときだ。

四角い井戸《いど》のかべは、縁《ふち》とおんなじように石を積《つ》んであって、登《のぼ》ってくる手がかりはありそうだった。

「うん、オッケーだな、登《のぼ》れる登《のぼ》れる」

スコップを持《も》って飛《と》びおりるのはあぶなそうだったんで、先にスコップは投《な》げとくことにした。ほいっと井戸《いど》の底《そこ》に投《な》げこんでおいて、井戸《いど》の縁《ふち》に登《のぼ》った。

スコップの上に飛《と》びおりちゃわないように、下《お》りるところを計算して、えいっと飛《と》んだ。

ふわんとやわらかい井戸《いど》の底《そこ》に、無事《ぶじ》飛《と》びおりられた。

4 これはなんだ？

井戸《いど》の広さは、一辺《ぺん》が一メートル五十センチぐらい……じゃないかな、たぶん。

見あげると、井戸《いど》の縁《ふち》は家のてんじょうぐらいの高さにあって、そのむこうに四角い形の青空が見えた。

ショワショワショワ鳴いてるセミの声が、さっきまでより少し遠く聞こえる。

「ヤッホー！」

といってみた。ちょっとだけ声がひびいた。

おふろの中でいったときぐらいだ。

「おばけさん、いますかー」

って、ふつうぐらいの声でいってみた。

「こわくないおばけさんなら、出てきてもいいですよー」

いってから耳をすませてみたけど、ショワショワ鳴いてるセミの声しか聞こえなかった。

「昼間だから、おばけはねてるんだな。よしよし」

ズボンのポケットにお守《まも》りが入っているのを手でさわってたしかめてから、リュックサックを地面《じめん》に下《お》ろした。スコップを持《も》って、掘《ほ》りはじめた。

井戸《いど》の底《そこ》は、風が入ってこないせいで、外よりむし暑《あつ》いかんじだった。くさったかれ葉《は》のしめったにおいがよどんでて、ぼくはカブトムシの飼育箱《しいくばこ》の中のにおいを思いだした。

落《お》ち葉《ば》が積《つ》もってできたふわふわの地面《じめん》は、スコップで掘《ほ》るのはかんたんで、ぼくははりきってどんどん掘《ほ》っていった。


井戸《いど》の底《そこ》のちょうどまん中へんに、なにか固《かた》いものがうまってるのを発見《はっけん》したのは、見つけようとして見つけたんじゃない、ぐうぜんのできごとだった。

ザカザカ掘《ほ》ってくたびれたんで、休けいすることにして、スコップを地面《じめん》につきさした。

そうしたら、スコップの先がガキンッてなにかに当たったったんだ。

「ん？　なんだあ？」

ぼくは休けいするのはやめて、スコップをつきさした場所《ばしょ》を掘《ほ》ってみた。

「わっ、ちびムカデ！　しっしっ、あっちいけ」

やがて、うまっているものが見えてきた。

「石だな」

それも古いかんじの、丸く彫《ほ》った石だ。

「お墓《はか》かな？」

といってみて、

「ちがうな、石塔《せきとう》だ」

といいなおした。今朝《けさ》お父さんから聞いたことを思いだしたからだ。

「ええとー、あ、そうそう、フウインイシの石塔《せきとう》だぞ、きっと」

まわりの土をどけて、よいしょっと石を持《も》ちあげた。

「あれ、まだ下にもあるのか」

石は二段《だん》がさねになっていて、下の石の、ぼくがどけた石が乗《の》っていたあとに、
四角いあなが掘《ほ》ってあった。どろがつまってるけど、

「あれ、なんか入ってる？」

かかえてた石を地面《じめん》に置《お》いて、あなのどろの中に入ってたものを取《と》りだした。

「……勾玉《まがたま》だ」

お父さんがつれていってくれた歴史《れきし》博物館《はくぶつかん》で見たのと、おんなじかっこうだから、勾玉《まがたま》にちがいない。

でも、歴史《れきし》博物館《はくぶつかん》にあったのは緑《みどり》色の石でできてたけど、これはガラスが白くにごったみたいなかんじの色をしてて……

でも、固《かた》いから石だよな。

「水晶《すいしょう》かな？」

そうかもしれない。鉱物《こうぶつ》博物館《はくぶつかん》で見た水晶《すいしょう》は、もっと透明《とうめい》だったけど、歴史《れきし》博物館《はくぶつかん》で勾玉《まがたま》を見たときに、こういうにごった色の石で作った首かざりもあって、お父さんは「水晶《すいしょう》だな」っていってた。

うん、きっとこれは水晶《すいしょう》だ。

すごいぞ、ぼく、水晶《すいしょう》の勾玉《まがたま》を見つけちゃったんだ！

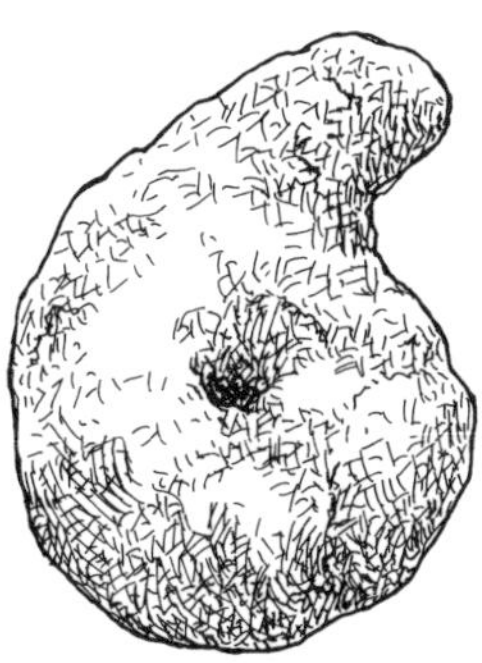

「ヤッホー、大発見《はっけん》だあ！」

思わずさけんでしまってから、あわてて手で口をおさえた。

井戸《いど》の外でおとなの声がしたからだ。

「こりゃあ、えらくしげったなあ」

お父さんの声が聞こえて、ぼくは（わあいっ）と喜《よろこ》んだ。いいもの見つけたって教えてあげよう。でもすぐにおじさんの声がした。

「毎年、草かりだけでもたいした手間だし、これだけの広さをあそばせとくのはもったいないだろう。それで、コンクリートを打って月ぎめ駐車場《ちゅうしゃじょう》にしようと思うんだが、おふくろが反対《はんたい》でなあ」

「いまは兄きが家長《かちょう》なんだから、兄きの考えでいいんじゃないか？　しかし、ここから井戸《いど》までだったら、そう何台分もの駐車《ちゅうしゃ》スペースは取《と》れなそうだが」

「ああ、せいぜい五、六台だろうな。だから井戸《いど》はつぶす」

（えっ？）とおどろいて、ぼくは二人の話し声に耳をすませた。

「だったら、おれも反対《はんたい》だな」

お父さんがいうのが聞こえた。

うん、この井戸《いど》をつぶしちゃうなんて、ぼくも大反対《はんたい》だ。

「小野《おのの》篁《たかむら》ゆかりの由緒《ゆいしょ》ある井戸《いど》だってか？　ばかばかしい、ただのいい伝《つた》えじゃないか」

おじさんは井戸《いど》のことをそんなふうにいった。

「毎年、『井戸《いど》鎮《しず》め』のために寺から坊《ぼう》さんを呼《よ》んで、経《きょう》を読んでもらってるが、いくら金がかかるか知ってるか？　使《つか》いもしない井戸《いど》のために、二万円もはらうんだぞ」

「そりゃあ必要経費《ひつようけいひ》だと思わなきゃ。封印石《ふういんいし》をしずめてある井戸《いど》なんて、ふつうの井戸《いど》じゃないんだからな」

「ああ、まともじゃないね。世《よ》の中はもう二十一世紀《せいき》だ。たたりだのなんだのってくだらない迷信《めいしん》は、そろそろ終《お》わりにしてもいいんじゃないかね」

「兄きはとことん現実主義《げんじつしゅぎ》だからなあ」

お父さんの頭をかいてるみたいな調子《ちょうし》での声が最後《さいご》だった。二人は家のほうへもどっていくみたいで、ガサガサと草をふんでいく足音が遠くなっていき、やがてセミの声しか聞こえなくなった。

ぼくはほっとして、地面《じめん》にしゃがみこんだ。見つかったらどうしようって、ずっとドキドキしてたんだ。

それから、考えた。

おじさんはこの井戸《いど》をなくしてしまおうと思ってる……せっかくおばけが住《す》んでるおもしろい井戸《いど》なのに……。

「やめさせらんないかな」

でも、どうやって？

「う〜〜〜〜〜〜〜〜〜〜〜〜ん」

なんにも思いつかないや。

手の中に固《かた》いものがあるのに気がついて、見つけた勾玉《まがたま》をにぎってたのを思いだした。

手を開《ひら》いてみた。勾玉《まがたま》は、どろでよごれた手ににぎってたせいで、もっと黒っぽくよごれちゃってた。

はーっと息《いき》をふきかけて、シャツのすそでごしごしふいてみたけど、あんまりきれいにならない。指《ゆび》につばをつけてこすってみたら、ちょっとはきれいになったけど、ぼくはもっといい方法《ほうほう》を思いついた。

水筒《すいとう》の水で洗《あら》えばいい。

リュックサックから水筒《すいとう》を出して、ふたになってるコップに水を注《つ》いで、飲《の》んだ。のどがかわいてたからさ。氷《こおり》入りの水は歯《は》にしみるほど冷《つめ》たくっておいしくって、三ばい飲《の》んだ。

それから、もういっぺんコップに水を注《つ》いで、その中にチャポンと勾玉《まがたま》を入れた。指《ゆび》でコシコシこすって、勾玉《まがたま》を洗《あら》った。

「うわっ、どろ水になった」

二回水をかえて洗《あら》って、勾玉《まがたま》はすっかりきれいになった。

「うん、やっぱり水晶《すいしょう》だな、これは」

石のあなから取《と》りだしたときには、白くにごって見えたのは、よごれてたせいらしい。洗《あら》ってきれいにした勾玉《まがたま》は、ガラスみたいにすきとおってる。

ぼくは勾玉《まがたま》を指《ゆび》ではさんで、井戸《いど》の口が四角く取《と》りかこんでる空にかざしてみた。

あはは っ、空の青い色がすけて見えるぞ。お日さまはどこだ？

「うわっち！」

かざした勾玉《まがたま》ごしに見たお日さまは、まぶしい光でジクンッとぼくの目をつきさし、ぼくはあわてて顔を下に向《む》けた。

「あいた〜、目がやけこげた〜」

とっさにつぶったけど、シクシクしてなみだが出てきちゃってる右目を、シャツのそでででふいて、そろっと目を開《あ》けた。

うわあ、チカチカしちゃってらあ。目の前になんかいるみたいに見える。

ぼくは何度《ど》もまばたきをして、お日さまを見ちゃったせいのチカチカを追《お》いはらった。

チカチカは消《き》えても、ぼやっと見えてる白いものは消《き》えないんで、目をこすった。

ところが、何回目をこすっても、それは消《き》えない。

目のせいじゃなかったんだ。

ぼくの前に、なにかいた。

5　出たあー!

グビッと鳴ったのどを、ぼくはあわてて手でつかんだ。音をたてちゃいけない!

でも、ぼくの目の前にいるなにかは、とっくにぼくに気づいてるようだった。

白っぽいそれはうすい霧《きり》のかたまりみたいなかんじで、形もはっきりしないんだけど、それでもそれがぼくをじっと見てるのがわかるんだ。

智子《ともこ》ちゃんがいったことはほん

とだった。こいつは智子《ともこ》ちゃんがいってたおばけにちがいない。

（ゆ、ゆうれいかな。でもまだ昼間だから、よ、ようかいなのか？）

ぼくは息《いき》を止めたまんま、そう思った。

息《いき》をしたり動《うご》いたりしたら、それが世界《せかい》のふしぎ物語の本で読んだ『人食い霧《きり》』みたいにおそいかかってくるような気がして、こわくって息《いき》ができなかったんだ。

でもぼくは、息《いき》を止めてるのはとくいじゃない。どんどん苦《くる》しくなってきて、心臓《しんぞう》が死《し》にそうにバクバクしだして、ついにプハッと息《いき》をしてしまった。

ぼくがはいた息《いき》で霧《きり》がゆれて、ぼくはいっしゅん、息《いき》でふきとばして消《け》せるかもしれないと期待《きたい》した。でも霧《きり》はうすくはならずに、ぼくの息《いき》がかかったところだけ逆《ぎゃく》にこくなったみたいな……。

いやだなあ、いよいよほんもののようかいみたいだぞ、どうしよう、こわいよお。

ぼくはゆうれいやようかいの本を読むのは好《す》きだけど、まだほんものと会ったことはない。会ってみたいって思ってたけど、こうやって会っちゃったいまは後《こう》悔《かい》してた。

だってこわいんだ。本の絵は、どんなにすごくぶきみでも平気《へいき》で見られるのに。こんな心臓《しんぞう》がちぢまっちゃうような気分にはならないのに。

「お、おまえはなんだっ？」

こわくってだまっていられなくなって、ぼくはいった。

「この井戸《いど》に住《す》んでるようかいか？　だったら、と、ともだちになろうじゃないか。智子《ともこ》ちゃんがこわがるから、家に入ってきちゃだめだけど、こわくないようかいならともだちになっていいぞ」

ぼくがしゃべるにつれて、霧《きり》はどんどんこくなっていき、こくなるのといっしょに、それとなく姿《すがた》も見えてきた。うんとうつりの悪《わる》いビデオ画面《がめん》みたいな、すごくチラチラした見えかただけど、どうも人間みたいなかっこうをしているみたいだ。

正体はどんなやつかはわからないけど、きっとうんときみが悪《わる》くって、うんとこわい顔をしてるにちがいない。そんなの見たくないよー！

ますますこわくなってたぼくは、ふと、お守《まも》りを持《も》ってるのを思いだした。

ポケットに手を入れて、そうっとお守《まも》りをにぎり、その手をぱっとようかいに向《む》かってつきだした。

「あ、悪霊退散《あくりょうたいさん》！」

そいつはギャーッていうかんじにはげしくチラチラし、ぼくは（やった！）と思った。

ところが次のしゅんかん、チラチラおばけはこっちに飛《と》びかかってきたんだ。

「きゃーっ！」

と、ぼくはわめいた。

「助《たす》けて！　助《たす》けてーっ！」

そのぼくの声よりもっとキイキイ声で、だれかがさけんだ。

「ふんではいかん、ふんではいかん！」

「え？」

思わず目を開《あ》けて足もとを見た。

ぼくのスニーカーが見えて、スニーカーの下にふんでる白い手が見えて、その手の持《も》ち主《ぬし》の男の子の顔が見えた。

「あっ、ご、ごめんっ」

と足をどけた。

男の子は、

「なんということをするのじゃ」

ともんくをいいながら、正座《せいざ》して地面《じめん》に両手《りょうて》をついたかっこうのまま、ぼくをにらんできた。

「これはだいじなだいじな宝《たから》の珠《たま》ゆえ、ふんだりしてはいかんぞよ」

そういって、虫でもつかまえてるみたいに地面《じめん》に置《お》いてた手をどけた。

「あっ、ぼくの勾玉《まがたま》！」

あわてて地面《じめん》からひったくり取《と》った。

「そうじゃ、それは今日から悟《さとる》のものじゃ。もう落《お》としたりするでないぞ」

えばったふうにいわれて、あわててひったくっちゃったのは失礼《しつれい》だったと気がついた。男の子は、ぼくが勾玉《まがたま》を落《お》としたのを教えてくれただけで、盗《と》る気なんかなかったのに。

「あ、あの、ありがとう」

とお礼《れい》をいった。

「うむ」

男の子はえらそうにうなずいて、ぴょんっと地面《じめん》から立ちあがった。

変《へん》な服装《ふくそう》をした子だった。ぼくとおんなじぐらいの年《とし》だと思うけど、着《き》てるのは神社《じんじゃ》の神主《かんぬし》さんみたいな着物《きもの》なんだ。

「それは宝《たから》の珠《たま》ゆえ、錦《にしき》のふくろにでも入れて首にかけておくがよい」

「うん」

と返事《へんじ》して、はっと思いだした。

あわてて、あのチラチラする姿《すがた》をさがしてみたけど、井戸《いど》の底《そこ》にいるのはぼくと男の子だけだ。

「あのお……」

「なんじゃ」

「きみは、ええと……さっきのようかい？」

いったとたんに、おっかない正体に変身《へんしん》したりしたらやだなあと思いながら、おそるおそる聞いてみたぼくに、男の子はケラケラと笑《わら》った。

「そうよな、悟《さとる》たちのいいかたじゃと、わしは『この井戸《いど》のおばけ』じゃ」

ぼくは（ええ～？）と思いながら、男の子の顔を見つめた。ぼくの組の伊藤《いとう》さんにちょっと似《に》てる、ふつうの人間の顔だ。

「うそ」

「うそなものか」

「でも、こわくないよ？」

「いかぬか？」

じーっと見てもぜんぜんこわくないおばけっていうのは変《へん》だと思ったけど、ぼくは急《いそ》いで、

「う、ううん、いけなくないよ！」

と返事《へんじ》した。

こわくないおばけなんて変《へん》だけど、こわいおばけはぜったい困《こま》るからだ。

「では仲《なか》よくしような」

「うん」

とうなずいてから、ぼくはちょっと考えた。

おばけだって自分でもいってる、ほんもののおばけと、仲《なか》よくなったりしても
だいじょうぶだろうかって、心配《しんぱい》になったんだ。

でもぼくは、

「うん、いいよ」

ってことにした。

おばけの目は、人間とおんなじに黒くって、すんできれいだったから。

「じゃあ、悟《さとる》とわしはともだちじゃな」

うれしそうに笑《わら》われて、ぼくもうれしくなった。

「うんっ」

と笑《わら》いかえした。

「きみ、名前は？」

「たかむらじゃ」

「うっそ！　ぼく、高村悟《たかむらさとる》っていうんだよ。それ、ぼくの名字《みょうじ》だよ」

「でもわしも『たかむら』じゃ」

「ふ〜ん」

『悟《さとる》』『たかむら』と呼《よ》びあえば、不都合《ふつごう》はあるまい？」

ぼくは学校では『高村《たかむら》くん』って呼《よ》ばれてるから、ぼくのほうが『たかむらくん』って呼《よ》ぶのは、なんだかすごく変《へん》なかんじがするけど。でもこの子がそういう名前ならしょうがない。

「うん、いいよ。じゃあ、たかむらくんって呼《よ》ぶね」

「うむ」

おばけはうれしそうにうなずいた。

ん？　ちょっとまてよ。この井戸《いど》から冥界《めいかい》に通ってた人の名前って、たしか……。

「ねえ、たかむらくんって、もしかして『小野篁《おののたかむら》』？」

そのとたん、たかむらくんはへにょっと泣《な》きそうな顔になった。ぼくは急《いそ》いでいいなおした。

「あ、あの、ええとじゃあ、『小野篁《おののたかむら》のゆうれい』くん？」

たかむらくんは「ああっ」と泣《な》き声を出して、両手《りょうて》で顔をかくした。

「あ、そ、そう。ふ～ん。ぼく、小野篁《おののたかむら》っておとなの人だと思ってた」

「ちがう、ちがう」

たかむらくんは顔をかくした手のあいだからいった。

「ぼくは三年生だけど、たかむらくんは？　夜になったら冥界《めいかい》の市役所《しやくしょ》に仕事《しごと》にいくの？　子どもなのに仕事《しごと》してるなんて、すごいね。まるでおとなみたいだ」

「ちがうのじゃーー！」

たかむらくんはぶるんぶるんと頭をふって、ヒ～ンと泣《な》きだしながらわめいた。

「わしはわしで、篁《たかむら》さまはわしのお主《しゅ》さまで、でもわしは帰れないのじゃ～！　篁《たかむら》さまのお屋敷《やしき》に帰りたいのに、帰れないのじゃ～！　篁《たかむら》さま～っ、篁《たかむら》さま～！　え～んえ～んっ」

ぼくは困《こま》ってしまった。

「泣《な》くなよ」

っていってみたけど、たかむらくんは泣《な》きやんでくれない。おばけのくせに泣《な》き虫なんて、変《へん》なやつ。

「ええとさ、どうして帰れないの？」

と聞いてみた。

たかむらくんは、えっくえっくとしゃくりあげながらいった。

「井戸《いど》がうめられてしまったからじゃ。水のない井戸《いど》では、どこへいく道にもならぬからじゃ」

「それって、エレベーターがうまっちゃったってことだよね？」

ワクワクしながら聞いたぼくに、たかむらくんは「えれべー……とは、なんじゃ？」と首をかしげた。

「エレベーター、知らないの？」

「知らぬ」

「デパートとかスーパーとか、林《はやし》くんちのマンションにもあるし、お父さんの会社にも市役所《しやくしよ》にもあるよ？」

「で、でぱと？　まんしょ？　悟《さとる》のいうことはわからぬ」

「ええーっ、なんで？　たかむらくんはデパートいったことないの？」

びっくりして聞きかえした、ちょうどそのとき。

「悟《さとる》ー！」

お母さんの声がぼくを呼《よ》んだ。

「悟《さとる》ー、いるんでしょー？　出てらっしゃーい！」

おこってる声でどなってる。

「あーもーっ、こんなにススキをしげらせちゃって！　私は虫がいそうなところはきらいなのよっ。悟《さとる》ー、さっさと出てらっしゃい！　ほんとにもー、どうして男の子って、あぶないっていわれたところへいきたがるのかしらね！」

カンカンにおこってるらしいお母さんは、ガサッガサッて草むらをかきわけてこっちにくるみたい。ぼくが井戸《いど》を探険《たんけん》しにきてるのがバレちゃってるんだ。

「どっ、どうしようっ」

大あわてで井戸《いど》の中を見まわしてみたけど、かくれる場所《ばしょ》なんてない。

ガサッガサッていう音は、どんどん近づいてくる。

わ〜んっ、どうしよ〜っ！

6　おばけになーれ

「悟《さとる》ー！」

ってまたどなったお母さんの声は、もう、すぐ近くで聞こえた。

「見つかったらおしりをぶたれちゃうよっ」

あせって泣《な》きそうになったぼくに、たかむらくんが早口でいった。

「勾玉《まがたま》を使《つか》うのじゃっ。それは篁《たかむら》さまの宝《たから》の勾玉《まがたま》じゃから、できるはずじゃ！」

「つ、使《つか》うって、どうやって？」

「ちょっとまて、いま思いだすっ」

「早くっ、早く思いだしてっ」

「ええとじゃな、ええーっと」

「お母さんがきちゃうよ、早くうっ」

「そ、そうじゃ、願《ねが》いをいうのじゃ！　願《ねが》いをいって、勾玉《まがたま》を口にくわえるのじゃ！」

ガサッガサッとお母さんが歩いてくる音は、井戸《いど》のすぐ近くまでやってきている。きっとあと二歩か三歩でお母さんがきちゃう。

ぼくは（ひ～っ）って気分で井戸《いど》の口を見あげながら、必死《ひっし》の早口で、

「お母さんに見つかりませんようにっ」

といって、勾玉《まがたま》をぱくんっと口に入れた。

勾玉《まがたま》は、スーパーの『駄菓子屋《だがしや》さん』で売ってる一こ十円のでっかいあめ玉ぐらいの大きさで、あわててくわえたら口のおくに入っちゃって、ちょっとオエッとなった。

「いないわ」

そのしゅんかん、井戸《いど》の口からお母さんが顔を出して、「あら」といった。

お母さんはきょろきょろとぼくのほうを見おろしながら、

「いないじゃないの」

と、もういっぺんつぶやき、

「やっぱりここにきてたのね」

とため息《いき》をついた。

「リュックサックに水筒《すいとう》に、あらまあ、スコップまで持《も》ってきて」

でもお母さんには、ぼくがいるのは見えないんだ。たかむらくんがいるのも。

「でもお父さんみたいに、入ったきり出られなくはならなかったのね。すれちがいで家に帰ってるのかしら」

そんなひとり言をブツブツしゃべってから、お母さんは井戸《いど》をのぞきこんできてた顔を引っこめ、ガサガサともどっていった。

(た……助《たす》かった〜……)

ぼくは止めていた息《いき》をフ〜ッとはきだしながら、地面《じめん》にしゃがみこんだ。

「どうじゃ、宝《たから》の勾玉《まがたま》はすごいじゃろう」

たかむらくんが、えばった顔でいった。

ぼくは、くわえてた勾玉《まがたま》を手にはきだしてから、「うん」と返事《へんじ》した。口の中に入れたまんまじゃしゃべりにくいからだ。

「すごいね。お母さん、ぜんぜんぼくを見つけられなかった」

「篁《たかむら》さまがだいじにしておられた珠《たま》じゃからな」

エッヘンってかんじでいったたかむらくんが、しゅんとかたを落《お》とした。

「わしがそれを使《つか》えるならば、お屋敷《やしき》に帰ることもできるはずなのじゃが、わしにはさわれぬ」

泣《な》きそうな声でいって、くしゃっと泣《な》き顔になった。

わあっ、また泣《な》いちゃうっ。たかむらくんは、篁《たかむら》さまのことを思いだすと悲《かな》しくなるんだ。

ぼくはあわてて話を変《か》えようとした。

「え、ええと、お母さんにはたかむらくんも見えなかったね」

「うむ」

たかむらくんは泣《な》きだすのをやめて、こくんとうなずいた。

「わしはおばけじゃから、たいていの人間には見えぬのじゃ。とくにおとなには、わしは見えぬな。子どもじゃと、見える者《もの》と見えない者《もの》がおる」

「智子《ともこ》ちゃんは見たっていってたよ」

「じゃが、智子《ともこ》はわしをこわがってにげた。遊《あそ》ぼうと思うただけじゃのに。くるなというて家に入って戸をしめてしまった」

たかむらくんはそういいながら口をへの字にし、ぼくは（また泣《な》きだしちゃったら困《こま》る）ってあせった。

「ええと、ええとね、こういうたかむらくんじゃなくって、ヒトダマみたいに見えたんだって。だからにげたんだよ。ヒトダマってぶきみだし、智子《ともこ》ちゃんはこわがりだからさ。ちゃんとたかむらくんのことが見えてたら、にげなかったと思うよ」

「そうか。それならしかたないな」

たかむらくんはきげんを直した。

「でも、なんでぼくにはちゃんと見えるのかな」

「悟《さとる》が宝《たから》の勾玉《まがたま》の主《ぬし》になったからじゃ。悟《さとる》が息《いき》をふきかけ、水を与《あた》えて、勾玉《まがたま》をよみがえらせたからじゃ」

「ふ～ん」

これって、ほんとにすごい宝物《たからもの》なんだ。

そう思って、手のひらに乗《の》っけた勾玉《まがたま》を見てたら、たかむらくんが、

「遊《あそ》びにいこうぞ」

といった。

「どこへ？」

「井戸《いど》の外じゃ」

「外って、あっち？」

ぼくは井戸《いど》の口を指《ゆび》さした。

「そうじゃ」

「ぼくは冥界《めいかい》にいってみたいな」

いってしまってから、失敗《しっぱい》したって気がついたけど、おそかった。

「冥界《めいかい》にはいけぬといったではないかっ」

泣《な》き顔になってじだんだをふんだたかむらくんが、さっきみたいにわんわん泣《な》きだしちゃわないように、ぼくは「ごめん、ごめん」とあやまりながら、たかむらくんのかたをなでようとした。

ぼくの手は、すかっとたかむらくんのかたを通りぬけてしまった。目には、学校のともだちとおんなじようにはっきり見えてるのに、ぼくの手はたかむらくんにさわれないんだ。

そのへんてこなかんじにびっくりしながら、ぼくは急《いそ》いでいった。

「あの、ごめん、外にいこ？　ええと、山にいく？　それとも川がいい？」

たかむらくんは元気を取《と》りもどした顔で、

「あちこち遊《あそ》びにいこうぞ」

と飛《と》びあがった。

ふわんってさ、空中に浮《う》きあがったんだ。

「わあっ、たかむらくん、飛《と》べるの？」

「あたりまえじゃ。おばけじゃからな」

「いいなあ！　空も飛《と》べる？」

「こういうふうにか？」

いったと思うと、たかむらくんはふわわわ〜っと井戸《いど》の外まで浮《う》いていって、四角く見えてる空をふわ〜ふわ〜と飛《と》んでみせた。

「わ〜っ、すごいすごい！　おばけっていいね〜、ぼくも飛《と》んでみた〜い！」

井戸《いど》の底《そこ》からはくしゅしたぼくに、たかむらくんはふわふわ〜っともどってきて、いった。

「ならば、悟《さとる》もおばけになればよい」

「え？　どうやって？」

「宝《たから》の勾玉《まがたま》に願《ねが》えばよい」

「あっ、そうか！」

さっそくやってみた。

「おばけになーれ」

っていって、ぱくんと勾玉《まがたま》を口に入れた。

そのとたん、ふわっと体が軽《かる》くなった。とんっと飛《と》びあがってみたら、ふわあっと体が浮《う》いた。

すごい！　ぼく、
おばけになったぞ！

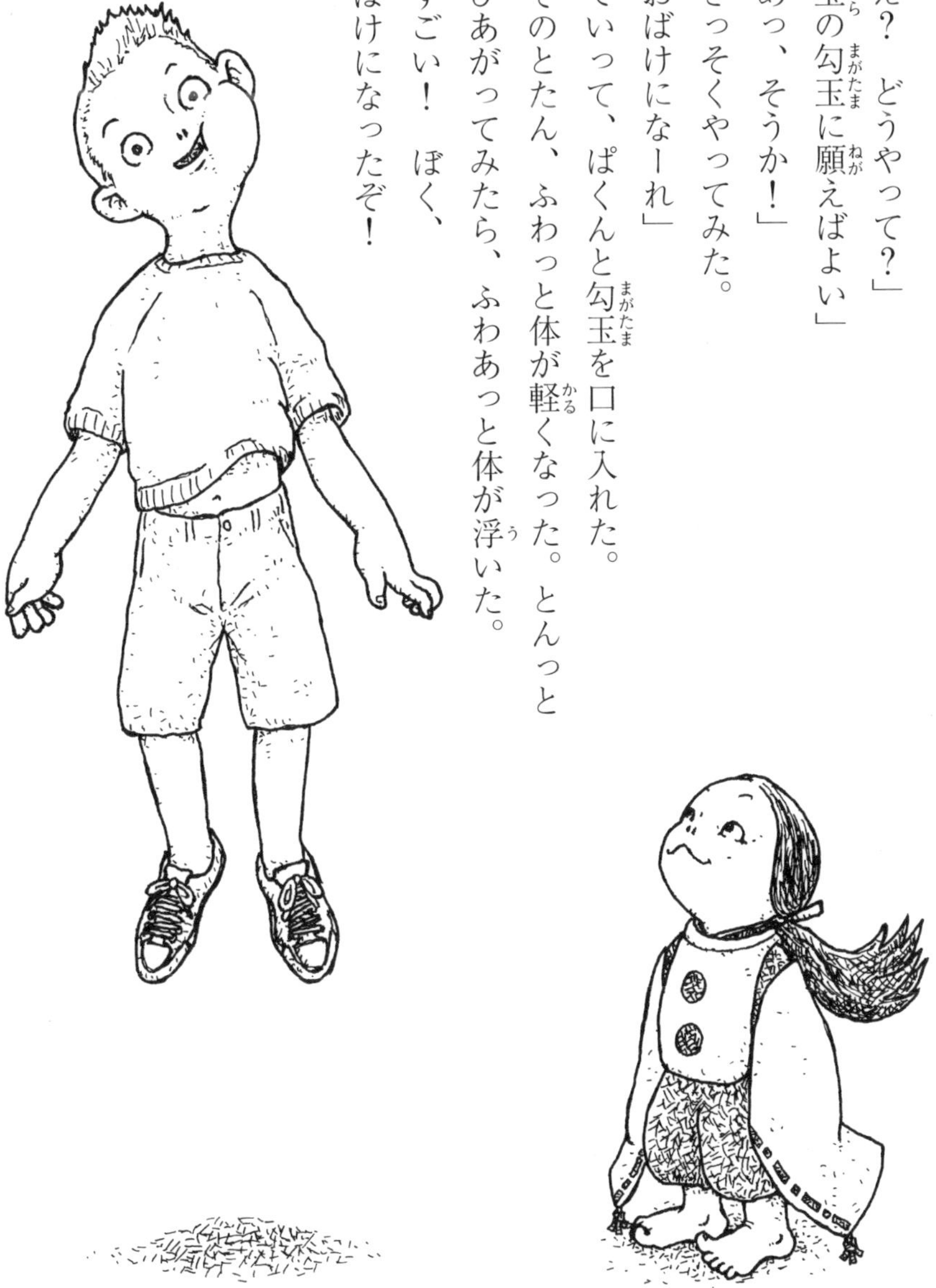

7　ワンパクたかむら

「たかむあくん、見へ見へ！　ぼく、おばへになっらよ！」

ふわんふわんと井戸《いど》の中をはねてみせながら、ぼくはさけんだ。口の中に勾玉《まがたま》をくわえてるせいで、もごもごした変《へん》なしゃべりかたになっちゃったけど。

「うむうむ、さすが宝《たから》の勾玉《まがたま》じゃ」

たかむらくんもうれしそうにいって、つけくわえた。

「おばけのよいところは、飛《と》べるのと、人には姿《すがた》が見えないのと、かべでもどこでも通りぬけられることじゃ」

「ほんほっ？　ほんなことできうの？」

たかむらくんは「ほんとうじゃ」とうなずいた。

「ただし、勾玉《まがたま》を口から出すと、人間にもどってしまうからな。おばけでいたいあいだは、ちゃんとくわえているのだぞ」

うへー、それはちょっと大変《たいへん》。勾玉《まがたま》で口の中がいっぱいでよくしゃべれないし、よだれが出てきちゃうんだ。

でも、しょうがない。

「うん、わかっか」

とうなずいた。

「では、おばけの力をためしにいこうぞ」

「うんっ」

たかむらくんがふわんと飛《と》びあがったので、ぼくも追《お》いかけてえいっと飛《と》びあがった。

でも、あれ？　あれ？　あれれ～？

ぼくの体は、たかむらくんに追《お》いついたと思ったら、追《お》いこしてしまって、ひゅ～っと井戸《いど》から飛《と》びだした。まるで手をはなしちゃったヘリウム風船みたいに、どんどん上にのぼっていく。

井戸《いど》のまわりのススキのしげみも、倉《くら》の屋根《やね》も、みるみるぼくの足の下になり、おばあちゃんの家の広い庭《にわ》をぜんぶ見わたせる高さまできた。

でもまだぼくは上がっていき、おばあちゃんの家の大きな母屋《おもや》の屋根《やね》が、もうあんなに遠い。どんどん遠く小さくなって、これじゃ空のかなたの宇宙《うちゅう》までいっちゃうよー。

「わ～ん、ろうひよ～、たかむあくん、たふけて～！」

たかむらくんはすぐに追《お》いかけてきて、ケラケラおかしそうに笑《わら》いながら、ぼくの手をにぎってつかまえた。

「勢《いきお》いよく飛《と》びあがりすぎたのじゃ。慣《な》れるまで、わしが手を引いてやる」

「う、うん。うー、びっくいひた」

たかむらくんに手を引いてもらって、ずいぶん高く上がってしまっていた空から、ツバメみたいにすい～っと下に下《お》りていった。

「ふごいや、ほんほにとんでう！」

「悟《さとる》、あまりしゃべると勾玉《まがたま》を落《お》とすぞ」

「ふぐ」

そうだった。くわえてる勾玉《まがたま》を落《お》としちゃったら、ぼくは人間にもどる。こんな空の高いところで人間にもどったら、墜落《ついらく》してべしゃっと地面《じめん》に落《お》ちて、たぶん死《し》んじゃうよな。

ぼくは急《いそ》いで、たかむらくんとつないでないほうの手で口をおさえた。

あれ？　そういえば、さっきはさわれなかったたかむらくんの手を、いまはしっかりにぎれてるぞ。そっか、おばけどうしだから、たかむらくんにさわれるんだ。たかむらくんの手って、細くってひやっとしてる。

「うら山《やま》の松《まつ》の木にカラスの巣《す》があるのじゃが、見たいか？」

「うん、見はいっ」

いつもは下から見あげる木を、上から見おろすのは、ふしぎなかんじでおもしろかった。ぼくたちは、木の高いところにあるカラスの巣《す》に、ふわふわと近づいていった。ぷーんと松《まつ》のにおいがする針《はり》みたいな葉《は》っぱが、巣《す》を取《と》りかこんでいたけど、針《はり》の葉《は》っぱはぼくの手や顔を通りぬけちゃって、ちくっともかんじない。

ぼくはたかむらくんと顔をくっつけあうようにして、小枝《こえだ》でできてる巣《す》の中をのぞきこんだ。

「カラフ、いないえ」

「このあいだまでヒナが三羽いたのじゃが。もう巣立《すだ》ってしまったのじゃな」

「カラフの卵《たまご》、見はことあう？」

「おう、あるぞ。スズメの卵《たまご》もヤマバトやウグイスの卵《たまご》も」

「へえ〜、いいら〜。ぼくまらニワホリの卵《たまご》っきゃ見はことらい。おまけにスーパーれ売っへるパックに入れたやつらけら。れえ、ニワホリもこういう巣《す》れ卵《たまご》を産《う》むろから」

「ニワトリは飛《と》ぶのがへただから、地面《じめん》に巣《す》を作るぞ」

「ふうん」

それからぼくたちは、おばあちゃんの家の裏山《うらやま》の上をぐるりと飛《と》びまわった。木のてっぺんを見ながら、すーっと飛《と》んでくのは、風になったみたいでいい気分だ。

セミたちがぼくの足の下で鳴いてる。風はお日さまのあまいにおいがする。

「だいぶ飛《と》びかたを覚《おぼ》えたな」

「うん」

「手をはなすから、一人で飛《と》んでみよ」

「いー？　れきるから」

「だいじょうぶじゃ、そら」

たかむらくんがぼくの手をはなし、ぼくはいっしゅん（どうしよっ）と思ったけど、ぼくの体はたかむらくんを追《お》いかけて飛《と》んでいた。

「うふふっ、ふごいふごい、一人れ飛《と》べるろ！」

大喜《よろこ》びしたぼくに、たかむらくんはふりかえってニコッと笑《わら》い、ぼくは二倍《ばい》うれしくなった。

「たかむあくんはいふもこうやっへ遊《あそ》んれるの？」

「いたずらもするぞ」

「へえっ、ろんら？」

ワクワクして聞いたぼくに、たかむらくんは「教えてやる」っていって、おばあちゃんの家のほうへ飛《と》んでいった。

「それ、屋根《やね》の上に着陸《ちゃくりく》じゃ」

たかむらくんは、おばあちゃんちの母屋《おもや》の大きなかわら屋根《やね》のてっぺんにふわんっと着陸《ちゃくりく》した。

ところがぼくは、屋根《やね》の上に立ったつもりの足が、ずぼってかわらの中にしずんじゃって、あわてた。

「少し体を浮《う》かせておくのじゃ」

たかむらくんが教えてくれた。

「慣《な》れると、ものをふんで立つこともできるようになる。じょうずになれば水の上も歩けるし、ぱたぱた足音を立てて人間たちをおどろかせることもできるぞ」

「れも、ろうやるの？　少し体を浮《う》かせるって、わかんらいよ」

「あ～……うすいうすい氷《こおり》の上を、氷《こおり》を割《わ》らないように歩くかんじじゃ」

「え～？　そんなのむりらない？」

「わしはできるぞ」

そしてたかむらくんは、屋根《やね》がわらの上を、コトコト音をさせて歩きまわってみせた。

「わあ、ほんとら」

たかむらくんができるんだから、ぼくだってできるはずだよな。

そこでぼくは、足がずぼっとしずまないように屋根《やね》の上を歩く練習《れんしゅう》を始《はじ》めた。

最初《さいしょ》はぜんぜんうまくいかなくて、屋根《やね》の上に立とうと思うと、やっぱりずぶずぶしずんでいってしまった。でも、たかむらくんの手につかまって、しずんでしまわないように支《ささ》えてもらいながら、いっしょうけんめい練習《れんしゅう》して、ふつうに歩きまわれるようになった。

たかむらくんみたいに、コトコトって足音もたてられるようになったんだ。

こつは、頭の中で（音しろ）って強く思いながら、えいっと足を下ろすんだけど、そのこつがわかったのは五百回ぐらい練習《れんしゅう》してから。最初《さいしょ》にコトッていわせられたときは、さかあがりができたときよりうんとうれしかった。

「うふふっ、れきたれきた！」

「うむ。悟《さとる》はおばけの才能《さいのう》があるぞ」

「ほんほっ？」

「ああ。すごいいたずらができる、すごいおばけになれるな」

「わーいっ！」

って喜《よろこ》んだら、口から勾玉《まがたま》が飛《と》びだしちゃいそうになって、あわてて手でおさえた。そしたらあわてすぎてごくんって飲《の》みこみそうになっちゃって、またあわてた。

こんな大きいもの、きっとのどにつまっちゃう。べろでおして、どうにか飲《の》みこまないですんだけど、ちょっとゴホゴホいっちゃった。

「だいじょうぶか？」

「う、うん。飲《の》みこんじゃいそうらった」

「だめじゃぞ」

たかむらくんがこわい顔でいった。

「それを飲《の》みこんでしもうたら、もう人間にはもどれなくなってしまうのじゃ」

「ええーっ？」

「気をつけるのじゃぞ」

「う、うん」

でもぼくは、ずうっとおばけのまんまでもかまわないんだけどな。

そう考えてたぼくに、たかむらくんが悲《かな》しそうな顔でいった。

「おばけには一つだけ、つまらないところがある」

「え、らに？」

「ごはんも菓子《かし》も食べられないことじゃ」

「あ……じゃあ、ジュースも飲《の》めらい？」

「そうじゃ。食べたり飲《の》んだりしないでよいのは便利《べんり》じゃが、人間がおいしそうに食べたり飲《の》んだりしているのを見ると、損《そん》をしている気持《きも》ちになる」

「ほっか……お菓子《かし》やアイス食べたり、ジュースやコーラを飲《の》めらいなんて、かわいそうらね」

ぼくは心の底《そこ》からそう思い、ほんとうのおばけになるのはやめようと思ったんだった。

勾玉《まがたま》はぜったい飲《の》みこまないように、気をつけなくちゃ。

あ、そっか、こうやってかたっぽのほっぺたにおしこんどけばいいんだ。うん、これでだいじょうぶ。これならちゃんとしゃべれるし。

母屋《おもや》の屋根《やね》をコトコト一まわりしてから、倉《くら》の屋根《やね》の上を歩いた。

「ねえ、へいの上を歩こうよ。おばあちゃんから『くずれるとあぶないから登《のぼ》っちゃいけない』っていわれてるけど、おばけならだいじょうぶだろ？」

「うむ、よいぞ」

ぼくたちはへいの上でおにごっこをした。たかむらくんがコトコト走っていったんで、ぼくが追《お》いかけたら、そういうことになったんだ。

家のまわりをぐるっと囲《かこ》んでるへいの上を二周《しゅう》まわっても、たかむらくんをつかまえられなかったんで、ぼくがえいっと飛《と》びかかったら、たかむらくんもぴゅっと飛《と》んでにげた。ぼくたちは倉《くら》やへいを通りぬけながら空中追《お》っかけっこをやった。

どんなに走っても飛《と》んでも、おばけはぜんぜんくたびれないんだ。

だからぼくたちが母屋《おもや》の屋根《やね》に下《お》りて休けいしたのは、くたびれたからじゃなくて、追《お》っかけっこにあきたからだった。

8　コトコトおばけだぞー

「子犬を見ようぞ」

とたかむらくんがいった。

「いたずらは？　しないの？」

とぼくは聞いた。

「するぞ」

「どんないたずらっ？」

「コトコトおばけじゃ」

たかむらくんはぼくに手をつながせると、すぽっと屋根《やね》の下へぬけた。

「わっ、ここ、どこ？」

「てんじょううらじゃ。ここをコトコト歩くと、下の部屋《へや》にいる人間がおどろく」

「ふ〜ん」

あんまりたいしたいたずらじゃないみたい。

「それ、歩くぞ」

「うん」

ぼくたちはてんじょう板《いた》の上をコトコト走りまわった。それから耳をすませて、てんじょうの下にいる人のびっくり声を聞こうとした。

「おやおや、今日はいやにネズミが走るね」

おばあちゃんの声がいって、ぼくはぷっとふきだした。

「ぼくたち、ネズミだと思われちゃってるよ？」

「昼間じゃからな」

たかむらくんはくやしそうな顔でいった。

「夜やると、みんなおどろく」

「そうかあ？　夜だって、ネズミだと思われるんじゃない？」

「そんなことはない」

たかむらくんはむきになったけど、ぼくが思ったとおり、こんなのたいしたいたずらじゃないよ。

「ねえ、ほかには？　もっとすごいいたずらできないの？」

「おう、そうじゃ、子犬を見にいくぞ」

たかむらくんはそうごまかした。

子犬はおばあちゃんちのお向《む》かいの横田《よこた》さんの家の床下《ゆかした》にいて、ぼくたちはてんじょうと家の床《ゆか》をすぽっすぽっと通りぬけて、子犬のところへいった。

ころころ太った子犬は三びきいて、ダンボール箱《ばこ》の中でくうくうねむってた。

「かわいいねえ」

「うむ。生まれたときはもっと小さかったのじゃ」

「へえ～」

でも、子犬にはさわれないんだった。なでようとしても、手が通りぬけちゃう。

「なでたりだいたりできないんだね」

「うむ、見るだけじゃ」

たかむらくんは楽しそうだけど、ぼくは、ただ見てるだけなんてあんまりおもしろくない。

「ほかのとこへ遊《あそ》びにいこうよ」

とさそったときだった。

すぐうしろでグルルという犬のうなり声がして、ぼくはぎょっと固《かた》まった。

そろーっとふりむいてみたら、大きな赤犬がものすごい顔でぼくをにらんでた。

犬にはおばけが見えるんだ。

「た、た、たかむらくん、た、助《たす》けて～」

子犬は好《す》きだけど、おとなの犬はこわいんだよー！

ウワワンッ！　と犬がほえて、ぼくは「きゃあっ」とにげた。でも犬はつないでなくて、ぼくに飛《と》びかかってきた。ガブッとぼくの足にかみついた。

ぼくは「ぎゃーっ！」とさけんだけど、あれ……痛《いた》くないぞ？

犬がまた口を開《あ》けて、ガブッとぼくの足をかんだ。でもその歯《は》は、すかっとぼくを通りぬけた。あ、そうか、ぼくはおばけだから、犬がかもうとしてもかめないんだ。

「あっはははは！」

たかむらくんがころげそうになりながら笑《わら》いだした。

「い、いまの悟《さとる》の顔！　泣《な》きそうじゃったぞ、あはははは！」

ぼくはぷーっとふくれた。なんだい、自分はすぐ泣《な》く泣《な》き虫のくせして。ぼくはぷんっと飛《と》びあがり、家の床《ゆか》とてんじょうと屋根《やね》を通りぬけて外に出た。

「おーい、悟《さとる》、どこへいくのじゃ」

たかむらくんが屋根《やね》から顔を出していった。でもまだにやにや笑《わら》ってる。

「どこだっていいだろーだ」

ぼくはアッカンベーしていいかえして、空に飛《と》びあがった。

「さ、悟《さとる》？　おこったのか？　悟《さとる》！」

たかむらくんはあわてて追《お》いかけてきて、「まってくれ」とぼくの足をつかんだ。

「やだよっ、放《はな》せ！」

「すまぬ、わしが悪《わる》かった。あやまるから仲直《なかなお》りしてくれ」

べーっていってやろうと思ってふりむいた。

たかむらくんは、くしゃくしゃの泣《な》き顔になってた。

あーもーっ、なんでそうすぐ泣《な》くんだよ。

「泣《な》き虫」

っていってやった。

たかむらくんは、手でぐしぐし目をこすりながら、「だって」としゃくりあげた。

「悟《さとる》がわしをきらいになったら、わしはまたひとりぼっちじゃ。だれとも遊《あそ》べなくってさびしくなるのじゃ」

「ほかのおばけとは遊《あそ》ばないの？」

たかむらくんは首を横《よこ》にふった。

「子どものおばけはわしだけなのじゃ。山の神やカッパはわしと遊《あそ》んでくれたが、いまはどちらもいなくなってしもうた。地蔵《じぞう》がときどきは遊《あそ》んでくれるが、いそがしいというてあんまり遊《あそ》んでくれないのじゃ」

「じゃあ、ともだちは一人もいないのか？」

「冥界《めいかい》に帰れば、いっぱいいるのじゃが……」

そして「帰りたいぞよー」とシクシク泣《な》きだしたたかむらくんは、ほんとにほんとにさびしそうだった。

ぼくは、幼稚園《ようちえん》のころ、デパートでまいごになったときのことを思いだした。

お母さんと買《か》い物《もの》にいったデパートで、いつのまにかお母さんとはぐれちゃったんだ。

もうお母さんと会えなくて、家へも帰れなくなっちゃったらどうしようと思ったら、心細くってこわくって、ぼくはわんわん泣《な》いた。たかむらくんはいま、あのときのぼくみたいな気持《きも》ちなんだ。だから、すぐ泣《な》く泣《な》き虫になっちゃったんだ。

……かわいそうだな。

どうにかして、冥界《めいかい》に帰れるようにできないかな。

そしてぼくは重大《じゅうだい》なことを思いだした。

「たいへんだっ、おじさんが井戸《いど》をつぶすっていってたんだっけ！」

「まことか？」

たかむらくんはさっと青ざめた。

「そんなの困《こま》るぞよ、わしの住《す》みかがなくなってしまうではないか！」

「お父さんやおばあちゃんは反対《はんたい》してるけど、おじさんはあそこに駐車場《ちゅうしゃじょう》を作りたいんだ」

「困《こま》るぞよ、困《こま》るぞよ」

たかむらくんはじたばたと足ぶみをし、「ああっ」と頭をかかえた。

ぼくは「どうにかしようよ」っていおうとしたけど、口の中の勾玉《まがたま》がじゃまをした。

ん？　そういえば、この勾玉《まがたま》……お願《ねが》いをかなえてくれる宝《たから》の勾玉《まがたま》じゃなかったっけ？

そうだよ、たかむらくんはそういった。だったら……使《つか》えるんじゃないか？

「ねえねえ、たかむらくんは、井戸《いど》に水がなくなっちゃったから、帰れなくなったんだよね」

「そうじゃ。うめられて、水がなくなってしもうたからじゃ」

「あのさ、この勾玉《まがたま》にお願《ねが》いして、水を出してもらったらどうかな」

「おお？」

たかむらくんは目を丸くしてぼくを見た。

「そうか、悟《さとる》ならできるかもしれぬな。わしにはさわれぬ宝《たから》じゃが、悟《さとる》はそうして使《つか》っておるのじゃものな」

そしてたかむらくんは一気に元気になった顔でいった。

「よし、やってみようぞ」

「うん」

「井戸《いど》へいくぞよ」

「うん！」

ぼくたちは浮《う》かんでた空からひゅーんと急降下《きゅうこうか》して、井戸《いど》の中に着陸《ちゃくりく》した。

勾玉《まがたま》を口から出すと、ズシッと体が重《おも》くなって、人間にもどったのがわかった。

手の上にはきだした勾玉《まがたま》を両手《りょうて》で持《も》って、お願《ねが》いをいった。

「この井戸《いど》に、もと通り水を出してください」

……なにも起《お》こらない。

「この井戸《いど》に、前みたいに水があるようにしてください！」

うーん、いいかたがいけないのか？

「水、出てこい！」

「だめじゃな」

たかむらくんが井戸《いど》の底《そこ》を見まわしながら、しょんぼりした声でいった。

うーん……あ、そうか、お願《ねが》いをいったら勾玉《まがたま》をくわえないといけないいんじゃないか？　やりなおし、やりなおし。

「水、出てこい！　冥界《めいかい》へいけるようになーれ！」

といって、勾玉《まがたま》をぱくんと口に入れた。

「……どう？」

「やっぱりだめじゃ。きっとその珠《たま》でも、水を呼《よ》ぶのはむりなのじゃ」

「そっかあ……うめられちゃってるしなあ」

「わしがもっと力のあるおばけなら、いろんなおどかしをやって人間たちをこわがらせて、井戸《いど》にはさわらせぬものをのう」

たかむらくんがくやしそうにいった。

でもたかむらくんがやれるのは、屋根《やね》やてんじょうをコトコト鳴らして歩くだけ。

おとなの人にはたかむらくんは見えないから、ベロベロバアッておどかすこともできないし、声だって聞こえないから「うらめしや～」っていってこわがらせることもできない。

どんなにじだんだをふんだって、たかむらくんにはなんにもできないんだ。

9 悟《さとる》おばけの脅迫状大作戦《きょうはくじょうだいさくせん》

ところがぼくは、いいことを思いついた。

「ねえ、脅迫状《きょうはくじょう》を書いたらどうかな」

「キョウハクジョウ……とは、なんじゃ？」

「井戸《いど》をつぶしたらおばけがおこるぞーって、おどかす手紙さ」

「どうやって書くのじゃ？　わしは字は知っておるが、人間の使《つか》う筆《ふで》にはさわれぬぞ」

「だからさ、ぼくが書くよ。こっそり家の中に入って、人間にもどって書けばいいんだ」

「おう、そうか！　それはよい考えじゃ！」

そこでさっそくぼくはおばけにもどり、ぼくたちはおばあちゃんの家に脅迫《きょうはく》状《じょう》を書きにいった。

屋根《やね》からするんって家に入って、まずは手紙を書く紙をさがした。

おばあちゃんの部屋《へや》にならなんかあるだろうと思っていってみたら、おばあちゃんがひるねをしてた。ぼくたちには気がつかないで、かーかーねてる。口を開いてて、変《へん》な顔。

つくえの上に習字《しゅうじ》の道具《どうぐ》が置《お》いてあったんで、ぼくはまたいいことを思いついた。

「おばけからの脅迫状《きょうはくじょう》なんだからさ、しょうじにでっかく書いちゃうっていうのはどうかな」

いっぺんやってみたかったんだよな、そういう落書《らくが》き。

「うむうむ、それならきっとみんなおどろくぞよ」

「じゃあ、人間にもどるから、たかむらくんはだれかに見つからないように見はっててよ」

「わかった」

口から出した勾玉《まがたま》はポケットに入れた。

おばあちゃんを起《お》こさないように用心深《ぶか》く歩いて、つくえから墨汁《ぼくじゅう》のビンと筆《ふで》をとり、ぬき足差《さ》し足で、えんがわのしょうじのところにいった。

それからできるだけこわい言葉《ことば》を考えて、できるだけでっかい字で書いた。

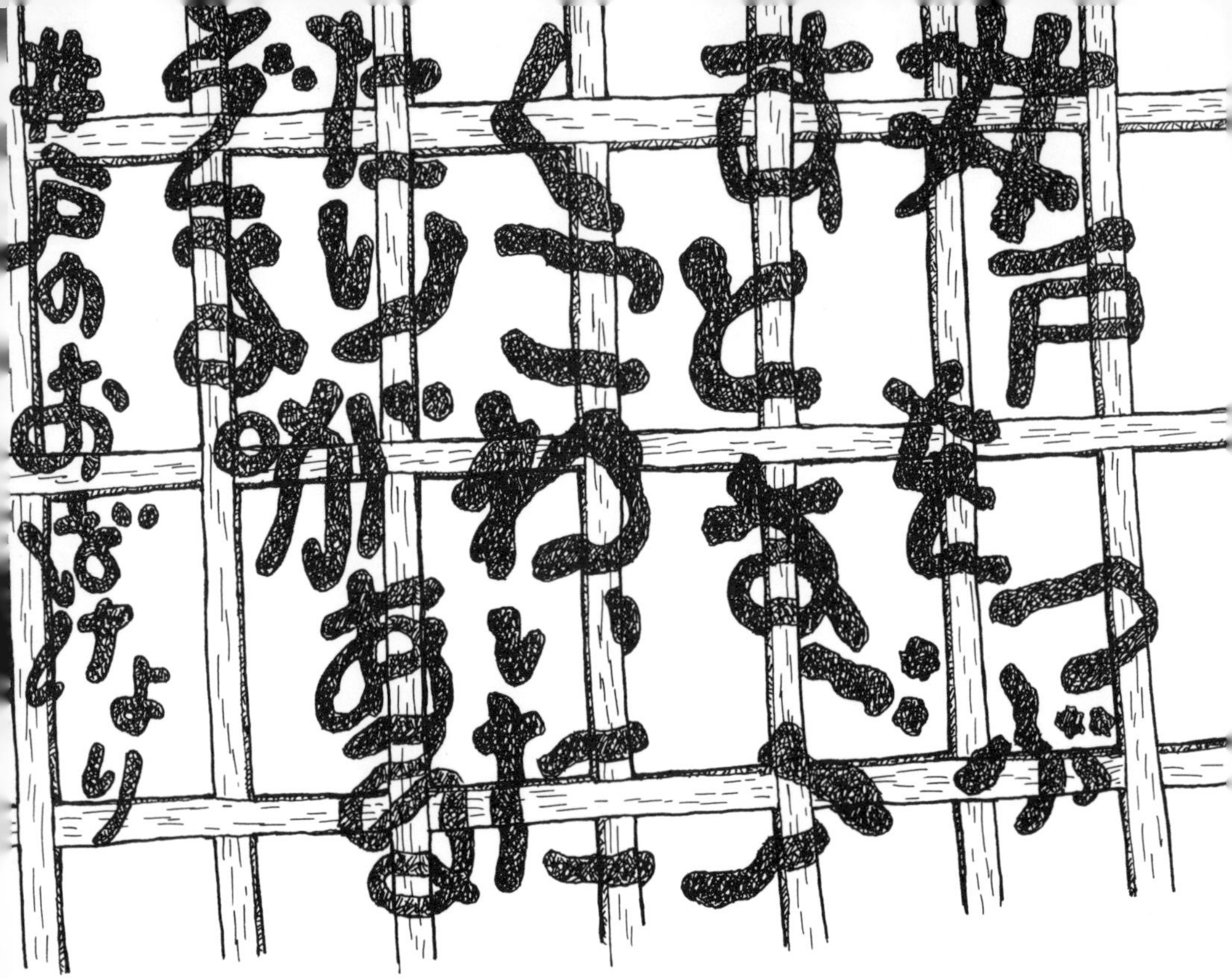

「ねえ、『おじさんへ』って書いたほうがいいかな」

と、たかむらくんをふりかえったときだった。

「しまった、智子《ともこ》がくるぞよっ」

たかむらくんがあわて声でさけんだ。

ぼくは大急《いそ》ぎで筆《ふで》と墨汁《ぼくじゅう》のビンをつくえに返《かえ》し、ポケットから勾玉《まがたま》をつかみだした。

でもそのときにはもう、智子《ともこ》ちゃんが部屋《へや》の前にきていて、目が合った。

ぼくは「しーっ」と口に指《ゆび》を当てた。

「なにしてるの？」

と首をかしげた智子《ともこ》ちゃんが、しょうじに書いた脅迫状《きょうはくじょう》に気がついた。

「あっ」

「しーっ、ないしょだよっ」

おばあちゃんがむにゃむにゃいってねがえりした。起《お》きちゃいそう、まずいぞ。

ぼくはもう一度《ど》、「ぼくが書いたって、ぜったいないしょだからねっ」といってから、「おばけになーれ！」と勾玉《まがたま》をくわえた。

智子《ともこ》ちゃんはいっしゅんきょとんとなり、それから目と口をまん丸に開《あ》けて、「きゃーっ！」とさけんだ。目の前でぼくが消《き》えたからだ。

おばあちゃんがびっくりして飛《と》びおきた。

「智子《ともこ》、どうしたんだい？」

それからおばあちゃんはしょうじに書いた手紙を見つけ、びっくりするような大声で「わあああっ！」とわめいた。

「和夫《かずお》、孝夫《たかお》、きてておくれー！」

ドタドタとろうかをかけつけてきたのは、おじさんとおばさんとお母さんとお父さん。

「まああっ、たいへん！」

おばさんが悲鳴《ひめい》をあげた。

「うわあ、こりゃでっかいいたずら書き」

お父さんがおもしろがってる顔でいった。

「あらまあ、あらまあ」

お母さんがおろおろと手をにぎりしめた。

「悟《さとる》なの？　悟《さとる》がやったのかしら」

「いたずらぼうずめ！」

おじさんがカンカンな顔でどなった。

「智子《ともこ》、悟《さとる》くんはどこ？」

おばさんが智子《ともこ》ちゃんに聞いた。

「し、知らない」

智子《ともこ》ちゃんはぼくたちのほうを見ながら、泣《な》きそうな顔で首を横《よこ》にふった。

「悟《さとる》ちゃんじゃない。おばけよ、井戸《いど》のおばけよ！　まだそこにいるよ、こわい――！」

そうぼくを指《ゆび》さして、おばさんにしがみついた。

おじさんとお父さんが顔を見あわせた。それから二人はおばあちゃんのほうを見た。

「だからいうたやろ。あの井戸《いど》をつぶそうなんて、とんでもないて」

おばあちゃんはそういって、おじさんをにらんだ。

「ばかばかしいっ」

おじさんはいったけど、目はきみ悪《わる》そうにあたりを見まわしてた。

ぼくはたかむらくんのかたをたたいた。

「ねえ、脅迫状作戦《きょうはくじょうさくせん》、成功《せいこう》じゃないっ？」

「うむ、みんなこわがっているぞよ」

たかむらくんもうれしそうにうなずいた。

「大成功《せいこう》じゃ」

そしてぼくは、またまたいいことを思いついたんだ。

「ねえ、うまっちゃってる井戸《いど》をもういっぺん掘《ほ》れ、っていう手紙も書こう。水が出てくるまで掘《ほ》れば、たたらないでやるぞってさ」

「おう、よい考えじゃ」

「じゃあね、こっちこっち」

ぼくはたかむらくんをつれておばあちゃんの部屋《へや》をぬけだすと、智子《ともこ》ちゃんと幸恵《ゆきえ》お姉ちゃんの部屋《へや》にいった。

「えーと、智子《ともこ》ちゃんのクレヨンはどこだ？」

きのうぼくは智子《ともこ》ちゃんにクレヨンを借《か》りて、いっしょに夏休みの宿題《しゅくだい》の絵をかいた。あの二十四色入りのクレヨンの箱《はこ》が、どっかにあるはずなんだ。

おばけになってるぼくにはつくえのひきだしが開《あ》けられないんで、ひきだしを開《あ》けるかわりにつくえの中に頭をつっこんでさがした。

「あ、あった、あった」

ぼくは人間にもどって、緑《みどり》色のクレヨンを手に入れた。

「たかむらくん、ろうかにだれかいる？」

「いや」

「お父さんたち、なにしてる？」

「見てくる」

たかむらくんの報告《ほうこく》によれば、お父さんたちはおばあちゃんの部屋《へや》でなにか相《そう》談《だん》中。

「じゃあ、脅迫状《きょうはくじょう》の第《だい》二弾《だん》を書くから、こんどはよく見はっててよ。さっきみたいに失敗《しっぱい》したら絶交《ぜっこう》だぞ」

「う、うむ。よく見はる」

ぼくはろうかの白いかべに、緑《みどり》色のクレヨンででかでかと書きつけた。

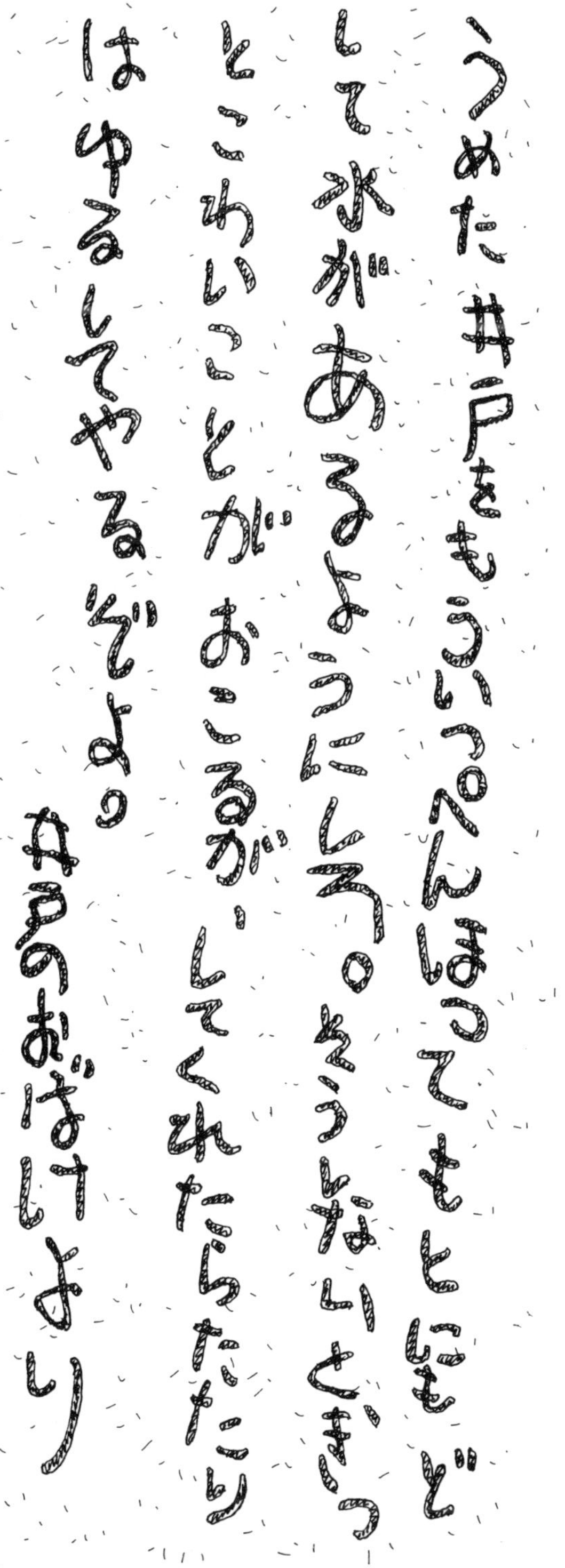
うめた井戸をもういっぺんほってもとにもど
して水があるようにしろ。そうしないときっ
とこわいことがおこるが、してくれたらたたり
はゆるしてやるぞよ。
井戸のおばけより

そして、「おばけになーれ」と勾玉《まがたま》を口に入れようとしたしゅんかんだった。

「悟《さとる》！　やっぱりあんただったのねー！」

うしろでお母さんのものすごいどなり声が爆発《ばくはつ》して、ぼくは（きゃっ！）と飛《と》びあがりながら必死《ひっし》で勾玉《まがたま》を口に放《ほう》りこんだ。ところがあんまりあわてて放《ほう》りこんだせいで、勾玉《まがたま》はつるっと口のおくのほうまで落《お》ちこんで、のどちんこのあたりにウグッとつまった。苦《くる》しくってウグウグいっちゃいながら、べろを使《つか》って夢《む》中《ちゅう》でごくんっと飲《の》みくだして、ハッと気がついた。

「た、たかむらくん、どうしよっ。ぼく、勾玉《まがたま》を飲《の》みこんじゃった！」

ぼくはゾゾーッと青くなったけど、たかむらくんはもっと青くなって、まるで葉《は》っぱみたいな顔色になった。

「な、な、なんでじゃ！　飲《の》みこんでしもうたら人間にもどれなくなるから、気をつけろというたであろうが！」

「わざとじゃないよお、びっくりして飲《の》みこんじゃったんだ！」

「そんなの、そんなの困《こま》るではないか！」

たかむらくんは泣《な》きそうな顔でどなりながら、ドタドタじだんだをふみ、その音はお母さんにも聞こえたらしかった。

「きゃ、あ、あ、きゃーっ！」

顔じゅうを口にしてお母さんはさけんだ。

「あなたっ、あなた、あなた、きてー！　さ、悟《さとる》がっ、悟《さとる》がー！」

「なんだっ？　どうした！」

お父さんがかけつけてきて、真《ま》っ青になってふるえてるお母さんのかたをつかんだ。

「おいっ、喜美子《きみこ》、どうしたんだ」

お母さんはワーッと泣《な》きだしながら、わめくみたいにいった。

「悟《さとる》が消《き》えたのよ、消《き》えちゃったの！　どうして？　なにが起《お》きたの？　あの子はどこへいったの？」

「ぼくはここにいるよ！」

そうどなったけど、目の前にいるお母さんにはぼくの声が聞こえなかった。

「いやよ、どうして？　悟《さとる》、悟《さとる》、もどってらっしゃい！　もどってきてー！」

お母さんは必死《ひっし》な顔で、ぼくに向《む》かって手をのばし、その手はぼくにとどいてるのに、ぼくにはさわれなかった。お母さんの手はぼくの体を通りぬけてしまい、しかもお母さんはそのことに気がつかないんだ。ぼくはここにいるのに！

「お母さん！」

ぼくはお母さんのおなかにだきついたけど、ぼくの手や体にはお母さんにだきついてるかんじはなくって、ぎゅっと力を入れてみたうではお母さんの体を通りぬけてしまった。

こんなことだったなんて……おばけになるっていうのは、こんなふうにお母さんと会えなくなっちゃうことだったなんて、ぼく知らなかった。

そして、わかったいまは、もうおそい。勾玉《まがたま》を飲《の》みこんじゃったぼくは、もう人間にはもどれないんだから。

ぼくはヒ～ンと泣《な》きだした。

たかむらくんが「泣《な》くな、悟《さとる》」っていって、自分も泣《な》きそうな顔でぼくをだきしめてくれたけど、あふれて止まらない悲《かな》しい気持《きも》ちはどうしようもなかった。

ぼくはたかむらくんにすがって、エンエン泣《な》いた。

10 痛《いた》い罰《ばつ》

「お寺に電話しておしょうさんを呼《よ》んでおくれ！　いますぐお経《きょう》を上げてもらわなきゃ！　早《はよ》う！　急《いそ》いできてもらっておくれ！」

キイキイ声でさけんだのは、おばあちゃんだった。それからおばあちゃんは、わけのわからない言葉《ことば》をすごい早口でべらべらいいはじめた。

「ハンニャーハーラーミッター、カンジーザイボーサツギョージン、ハンニャーハーラーミッタージ、ジョーケンゴーウンカイクード」

そのとたん、たかむらくんがギャーってさけんでひっくりかえり、「痛《いた》い、痛《いた》い」って床《ゆか》をころげまわりはじめた。

「たかむらくん！　どうしたのっ？」

びっくりしてなみだが引っこんじゃったぼくに、たかむらくんがヒイヒイころげまわりながら泣《な》きわめいた。

「痛《いた》い、痛《いた》い、おばばの経《きょう》が痛《いた》いのじゃ、助《たす》けてくれ！」

ちょうどそのとき、おばあちゃんが変《へん》な言葉《ことば》をいいやめた。たかむらくんが「に、にげるぞよっ」っていって、バビュンってかんじにかべをぬけて庭《にわ》に飛《と》びだしていった。

ぼくもダッシュで追《お》いかけようとしたら、

「悟《さとる》ちゃん！」

と智子《ともこ》ちゃんの声が呼《よ》んだ。ふりかえると、智子《ともこ》ちゃんはびくっとかたをちぢめ、こわがってる顔で「ほんとに悟《さとる》ちゃんなの？」って聞いてきた。

「そうだよ」

ってぼくはいった。

「井戸《いど》の悟《さとる》おばけだよ」

そしたらまたきゅうっと悲《かな》しくなっちゃったんで、急《いそ》いでかべをぬけて外へ出た。

たかむらくんは、さっき子犬を見た横田《よこた》さんの家の屋根《やね》の上まで飛《と》んでいって、ハアハアへたばってた。

「どうしたの？　なんだったの、いまの」

「お経《きょう》が痛《いた》かったのじゃ、おばばのお経《きょう》でギシギシ痛《いた》かったのじゃ！」

たかむらくんは半べそ顔でそういった。

「お経《きょう》……って？」

「知らぬのかっ？　たったいま、おばばが唱《とな》えおったではないか！」

「あのハンニャーハーラーって変《へん》なやつ？」

「ぎゃーっ、いうなーっ！」

たかむらくんは屋根《やね》からころげおちそうになり、ぼくがあやうくつかまえてやったんで落《お》ちなくてすんだ。

「あー、びっくりした。だいじょうぶ？」

「ちっともだいじょうぶではないわ！」

「そう？　えーと、ぼくがハンニャーっていったせい？」

そのしゅんかん、たかむらくんは「やめい！」と痛《いた》そうな声でどなって、頭をかかえこんだ。

「いままでこのようなことはなかったのに。わしはもうだめじゃあ」

そしてたかむらくんは、えっくえっく泣《な》きだした。

「あ、あの、ごめん。もういわないから」

ぼくはそうちかって、泣《な》いてるたかむらくんのかたをそうっとなでた。

「ごめんね、ごめん」

「そうじゃ、悟《さとる》が悪《わる》いっ」

えっくえっくとしゃくりあげながら、たかむらくんは、ぼくをなぐりつけるかんじでいった。

「勾玉《まがたま》を飲《の》んではいかんと、気をつけろというておいたのに、悟《さとる》が失敗《しっぱい》するから！　わしはっ……わしは悟《さとる》を死《し》なせたことになってしもうたではないかっ。お経《きょう》が痛《いた》いのは悟《さとる》のせいじゃ！　悟《さとる》がドジだからじゃ！　わしはちゃんと、飲《の》んではいかんと教えておいたのじゃからな！」

「ごめん……」

あやまりながら、ぼくは、（そうか、ぼくは死《し》んじゃったのか）と思ってた。

そうだよな、勾玉《まがたま》を飲《の》みこんじゃって、もう人間にもどれなくなっちゃって、おばけになりっぱなしってことは、死《し》んじゃったってわけだよな。

ぼくはきゅーっと胸《むね》が痛《いた》くなるかんじに悲《かな》しくなりながら、たかむらくんにいった。

「うん、ドジしたのはぼくなんだから、たかむらくんのせいじゃないよ」

「でもお経《きょう》が痛《いた》いのじゃ！　悟《さとる》は平気で、わしが痛《いた》いということは、悟《さとる》の失敗《しっぱい》なのに、わしの罪《つみ》になってしもうたということじゃ！　もしも水がもどって井戸《いど》の道がひらけても、わしはきっと篁《たかむら》さまのところへは帰れぬ。地獄《じごく》へ落《お》ちてしまうのじゃ！　どうしてくれるのじゃ！」

「あー……そういわれても……」

ぼくは困《こま》って頭をかいた。

そのときだった。

「きゃーっ！　お父さん、お母さん、だれかきてー！」

おばあちゃんちの井戸《いど》のほうから、まるでおばけにあったみたいな智子《ともこ》ちゃんのさけび声が聞こえた。

11 冥土虫《めいどむし》

とっさにバヒュンッと井戸《いど》に飛《と》んでいったぼくは、びっくりぎょうてんした。かれて土でうまって水なんてなかった井戸《いど》に、水がわきだしていた。それも、ごぼりごぼりと井戸《いど》の縁《ふち》からあふれて、まわりじゅう水びたしになってるほどの、すごいわきだしかただ。井戸《いど》のまん中あたりは、ゴバゴバとふきだす水が盛《も》りあがって、まるでヘルスセンターのジェットぶろみたい。

智子《ともこ》ちゃんは、井戸《いど》からちょっとはなれたところの、草やぶの中にある大きな石の上に立ってた。まわりは井戸《いど》からあふれてくる水で川みたいになってるんで、石の上ににげたんだろう。

水がこわいらしく、泣《な》きべそ顔で井戸《いど》を見つめてる。

ともかくぼくは大声でたかむらくんを呼《よ》んだ。

「水だよ、たかむらくん！　井戸《いど》に水が出た、すごくいっぱいだ！」

たかむらくんはすっ飛《と》んできた。

「ね、ねっ？　勾玉《まがたま》にお願《ねが》いしたのが効《き》いたんだよ。これで冥界《めいかい》に帰れるよ」

ところがたかむらくんは、こわいものでも見たみたいに顔をゆがめて、空中であとずさった。

「これはいかぬ。たいへんなことになったぞよ、悟《さとる》」

声をふるわせていった。

「あふれちゃったから？　洪水《こうずい》になっちゃうかな」

「ちがう、悟《さとる》にはあれが見えぬか？」

「え、なに？」

ぼくはきょろきょろとあたりを見まわした。

「どうかしたの？」

「智子《ともこ》、早くそこからにげよ！」

そうどなったたかむらくんの声が聞こえたのか、智子《ともこ》ちゃんはきょろきょろさせた目をぼくに止め、「悟《さとる》ちゃん？」と泣《な》きべそ顔をもっと泣《な》き顔にした。

「やっぱり、ここでおぼれて死《し》んじゃったの？」

「やっぱ、ぼくが見えるの？」

と聞いたら、こくんとうなずいた。

「す、すけてるけど。でも、悟《さとる》ちゃんよね？」

わお、智子《ともこ》ちゃんにはぼくが見えて、声も聞こえるんだ。

「おぼれて死《し》んじゃうなんて、悟《さとる》ちゃん、かわいそう」

智子《ともこ》ちゃんがそうシクシク泣《な》きだしたんで、ぼくは「おぼれたんじゃないよ」

といった。

「おばけになっただけだ」

「智子《ともこ》、そこにいてはあぶない、早くいけ！」

たかむらくんがまたどなり、ぼくは「オーバーだなあ」と笑《わら》った。

「ねえ、あの子も見える？　たかむらくんって名前で、ほんとの井戸《いど》のおばけなんだ」

智子《ともこ》ちゃんはたかむらくんを見あげていった。

「悟《さとる》ちゃんよりもっとすけてて、よく見えないけど」

「わあ、じゃあともだちになれるね。ね？　おばけでも、ちっともこわくないいんだよ。泣《な》き虫でさ」

智子《ともこ》ちゃんはあんまりよくなさそうに「いいけど」とうなずき、心配《しんぱい》そうな声でいった。

「ねえ、あの子……もしかして『あぶない』っていってる?」

「あっはは、このぐらいの水、だいじょうぶだって。おぼれたりしないよ」

ところが、

「水の中に冥土虫《めいどむし》がおるのじゃ、見えぬのか!」

と、たかむらくんはどなってきた。

「え? 虫《むし》?」

ぼくは井戸《いど》の縁《ふち》からごぼりごぼりとあふれだしている水の中を見てみた。虫なんていないいないぞと思いながら、井戸《いど》の中をのぞいてみた。

「うわっ、な、なんだ、あれ!」

いたんだ、変《へん》なのが。井戸《いど》の中をぬらりぬらりと泳《およ》いでる。

それは、すっごくすっご〜〜く気持《きも》ち悪《わる》いやつだった。資料室《しりょうしつ》に標本《ひょうほん》があるサナダムシみたいなかっこうで……サナダムシっていうのは動物《どうぶつ》のおなかの中に住《す》む寄生虫《きせいちゅう》の一種《いっしゅ》で、寄生虫《きせいちゅう》の中でも一番大きくて一番きみが悪《わる》いやつだ……

けど、井戸《いど》の中にいるそいつは、資料室《しりょう》の標本《ひょうほん》よりもうんとうんとでっかい。横《よこ》はばは二十センチぐらいで、長さは何メートルかありそうなんだ。

水を入れたビニールぶくろみたいにぶよぶよしてるかんじの透明《とうめい》の体は、水の中でぬらりぬらりといやらしく光ってて、そいつが生きていて自分で泳《およ》いでるんだってわかる。

しかもそいつは一ぴきだけじゃなかった。何十ぴきもが、井戸《いど》の中を浮《う》いたりしずんだり泳《およ》ぎまわっているんだ。

ぼくは「ひゃあっ」と井戸《いど》の上からにげた。

井戸《いど》の中を泳《およ》ぎまわってた一ぴきが、井戸《いど》からあふれてる水といっしょに流《なが》れだすみたいにして、ぬるるる～っと井戸《いど》の縁《ふち》をこえた。

「智子《ともこ》ー！　にげよ、にげよ、にげるのじゃー！」

たかむらくんが必死《ひっし》に声を張《は》りあげた。

ぼくはぞくっとなりながら、ぼくの頭の上あたりに浮《う》かんでるたかむらくんを見あげて聞いてみた。

「ね、ねえ、あれ、人間をおそうの？」

そのとき、智子《ともこ》ちゃんが「きゃーっ！」と悲鳴《ひめい》をあげた。

「な、なんなの、これ！　しっ、しっ、どっかいってよ！　あ〜んっ、悟《さとる》ちゃん、お父さーん！」

あわててそっちを見た。

井戸《いど》から出てったやつが、智子《ともこ》ちゃんが立ってる石から智子《ともこ》ちゃんの足へ、ぬるるる〜とはいあがろうとしていた。

「きゃーっきゃーっ、やだー！　お父さん、助《たす》けて！　悟《さとる》ちゃんっ、悟《さとる》ちゃーん！」

「だれかーっ！」

とぼくはわめいた。

「お父さん、おじさん、だれかきてーっ！」

たかむらくんがひゅんっとぼくのところに下《お》りてきた。でも、ぼくの手をつかんでさけんだのは、

「だめじゃ、近づいてはならぬ！　冥土虫《めいどむし》につかまったら、とかされてすすられてしまうぞよ！」

ぼくはぎょぎょっと青くなった。

「と、とかされて、す、すすられちゃう?」

「人間が『あいすくりいむ』を食べるようにじゃ。人間でもおばけでも、べろべろととかして、ずるずると食うのじゃ!」

思いうかべてみただけで、ぼくは泣《な》きそうになった。智子《ともこ》ちゃんがそんなふうに食べられちゃうのなんて、たまらない。助《たす》けなくっちゃ!

「お父さん呼《よ》んでくる!」

「どうやってじゃ! おとなにはわしたちは見えぬし声も聞こえぬ」

「ああっ、そうだった! じゃ、さっきみたいにかべに字を書いて」

「悟《さとる》はもうおばけじゃ、筆《ふで》にもくれよんにもさわれぬのじゃぞ」

「わ~ん、じゃあどうしたらいいんだよっ! な、なんかやっつける方法《ほうほう》はないのっ?」

「刃物《はもの》で切るか、土で清《きよ》めればほろぼせるが」

「ハサミならリュックサックの中にある! あ、でもリュックは井戸《いど》の底《そこ》だ……」

そしてのぞいてみた深《ふか》い水の中には、冥土虫《めいどむし》がうようよ泳《およ》いでる。

「つ、土で清《きよ》めるって、どうやるのっ?」

「かければよい」

たかむらくんはいった。

「土をかければ、ナメクジに塩《しお》をかけたようにとけて消《き》えるのじゃが」

「な、なんだ、かんたんじゃないか！」

ぼくは井戸《いど》ばたの草をむしりとって、地面《じめん》から土を取《と》ろうとした。

でもぼくの手は、草をすりぬけた。にぎろうとしても、すかっと通りぬけちゃってつかめないんだ。

「きゃーっ、悟《さとる》ちゃん、悟《さとる》ちゃーん、助《たす》けて、いやーっ！」

智子《ともこ》ちゃんが泣《な》きさけんでる。

「草なんかいいんだよ、土だ、土！」

草を通りぬけちゃう手を、えいっと地面《じめん》につっこんだ。手はすぽっと地面《じめん》にめりこみ、ぼくはいっしゅん（やった！）と思った。でも、土も草とおんなじだったんだ。つかめない、にぎれない。どうやっても、ぼくの手にすくいあげることはできない。ぼくがなんでも通りぬけちゃうおばけだからだ。

「だめだあっ！　ぼくがなんでも……たかむらくん、ど、どうしようっ」

たかむらくんはとっくに戦《たたか》いを始《はじ》めていた。

ヒイヒイ泣《な》きさけんでる智子《ともこ》ちゃんの、おなかのあたりまではいあがっている巨大《きょだい》ムシを、手でつかんで引きはがそうとがんばってたんだ。冥土虫《めいどむし》はおばけの仲間《なかま》だからか、ちゃんとさわれるんだ。

でも智子《ともこ》ちゃんの足をぐるっとまいて、べったりとはりついたムシは、たかむらくんより力が強いらしい。

しかも別《べつ》のやつがもう一ぴき、石のまわりを流《なが》れていく水の中から頭をもたげて、たかむらくんの足にからみつこうとしていた。

「あぶないっ」

とどなって、びゅんっと飛《と》んでかけつけた。

ぬらぬらしたムシのきみ悪《わる》さは、そばで見ると死《し》にそうに気持《きも》ち悪《わる》かったけど、ぎゅっと目をつぶって、「このっ！」とつかみかかった。

手にかんじたにゅるっと気持《きも》ち悪《わる》いつかみ心地に、心臓《しんぞう》もちんたまも、うぞぞぞっとちぢみあがったけど、智子《ともこ》ちゃんやたかむらくんをべろべろ食べられちゃうわけにはいかなかった。

「ええいっ、あっちいけ！」

たかむらくんの足にまきつこうとしてたムシを、夢中《むちゅう》でひっぺがして、力いっぱい放《ほう》りなげた。でもまた別《べつ》の一ぴきが、こんどはぼくの足をねらって泳《およ》ぎよってきた。

「くるなー！」

ぼくは思いっきりふんづけた。スニーカーの足のうらにグニュッとかんじた気持《きも》ち悪《わる》さに（ひ～っ）と思いながら、「つぶれろー！」とふんづけた。ぼくの足は水におしたおされたススキの株《かぶ》を通りぬけ、その下の地面《じめん》にすかっとめりこんだ。

そのとたん、足の下にふんづけたムシの体がギャアッてかんじにこわばったと思うと、くしゅっととけたのがわかった。

「わあっ、やった！」

ムシをやっつける方法《ほうほう》がわかったぞ。

ぼくは勇気《ゆうき》百倍《ばい》で、智子《ともこ》ちゃんにまきついたムシと

格闘《かくとう》してるたかむらくんのところへ飛《と》んでいった。

「わっ、たかむらくんの足にもムシがっ」

「智子《ともこ》を助《たす》けるのが先じゃ！」

「う、うんっ」

二人がかりでどうにかムシを引っぱがして、
ぼくが「えいっ」と地面《じめん》につっこんでとかしてやった。

「さ、悟《さとる》ちゃん、い、いまのなにっ？」

智子《ともこ》ちゃんがしゃくりあげながら聞いてきた。

「ね、ねえ、まだいるよ。あれ、なに？」

「冥土虫《めいどむし》っていうおばけなんだ」

と教えてやってたら、

「さ、悟《さとる》！」

たかむらくんの苦《くる》しそうな声がぼくを呼《よ》んだ。はっとふりむけば、たかむらくんは二ひきのムシにまきつかれて、水の中に引っぱりこまれようとしてた。

「わああっ、たかむらくんを放《はな》せ！」

ぼくはたかむらくんをつかまえてるムシに飛《と》びかかろうとしたけど。

「わしはよい！　早《はよ》う智子《ともこ》をにがしてやれ！」

たかむらくんはそうさけび、智子《ともこ》ちゃんが「きゃあっ」と悲鳴《ひめい》をあげた。

「悟《さとる》ちゃん、またムシがきたよ、いやーっ！」

「飛《と》ぶんだ！」

ぼくは智子《ともこ》ちゃんにどなった。

「ムシは土にさわるととけて死《し》ぬから！　走って水のないとこまでにげろ！　食べられたくなかったら、そっから飛《と》びおりて走れー！」

「う、うんっ」

智子《ともこ》ちゃんの返事《へんじ》は泣《な》き声だったけど、バシャンッと石から飛《と》びおりて、バシャバシャと走りだした。ムシが一ぴき、ぬるるる～っと智子《ともこ》ちゃんを追《お》いかけたけど、ぼくが追《お》いついて「とけろっ」とふんづけてやっつけた。

そのあいだに、智子《ともこ》ちゃんは水があふれてるあたりから脱出《だっしゅつ》して、追《お》いかけてったばかなムシが二ひき、智子《ともこ》ちゃんに追《お》いつく前に地面《じめん》にさわっちゃって、くしゅっととけて死《し》んだ。

よしっ、もう智子《ともこ》ちゃんは安全《あんぜん》だ。

ぼくはたかむらくんのところへ飛《と》びかえり、ぞぞーっとなった。だぶんだぶんと井戸《いど》からあふれでてくる水の中で、たかむらくんは、何十ぴきものムシにからみつかれてぐるぐるまきになってたんだ。

ぼくはたかむらくんをぐるぐるまきにしてるムシたちにつかみかかった。どこからどこまでが一ぴきかわかんないぐらい、めちゃくちゃにからみついちゃってるムシを、なんとか引きはがそうと必死《ひっし》でがんばった。

でもムシたちは超《ちょう》強力なガムテープみたいにがっちりはりつきあってて、どんなに必死《ひっし》にはがそうとしてもぜんぜんだめだ。

「だれか！　だれか助《たす》けてー！」

ぼくは必死《ひっし》でどなった。

まきついたムシたちの透明《とうめい》な体ごしに見える、もう死《し》んじゃってるみたいにぐったりと目をつぶってるたかむらくんに向《む》かってさけんだ。

「たかむらくん、しっかりして！　たかむらくん！　たかむらくん！　たかむらくーん！」

12 もう一人のたかむら

その声は、いきなり頭の上からふってきた。

「ふんっ、なりたての小鬼《こおに》か」

っていうおとなの人の声にふりかえったら、その人がいた。

「助《たす》けて！」

ぼくはさけんだ。

たかむらくんが着《き》てるのとおんなじような、神主《かんぬし》さんみたいな着物《きもの》を着《き》たお兄さんは、「ふふんっ」と鼻《はな》を鳴《な》らし、「わたしを呼《よ》んだのはおまえだな」と、ぼくをにらんだ。

おひなさまみたいなきれいな顔をしてるけど、目つきはものすごくこわくって、ぼくはぶるぶるっとしちゃったけど、「助《たす》けてよ、早く！」とどなった。

「たかむらくんが死《し》んじゃうよお！」

お兄さんは、ぼくをにらんでた目をじろっと動《うご》かして、ムシにぐるぐるまきにされてるたかむらくんを見た。

「『たかむら』とは、そやつのことか」

と、またぼくを見た。

ぼくはあせりまくって泣《な》きそうになりながらさけびかえした。

「とかされて食べられちゃう、死《し》んじゃうんだよ、ぐずぐずしないで手伝《てつだ》ってよ！」

お兄さんは、担任《たんにん》の北田《きただ》先生のきげんが悪《わる》いときの目つきよりも、千倍《ばい》もこわい目でぼくをにらみつけて、「ふんっ」とあごをそっくりかえらせた。

「冥界《めいかい》に籍《せき》のある者《もの》が『死《し》ぬ』ことなどありえぬわ」

ぼくはカンカンに頭にきてどなりかえした。

「ばかっ！　アホ、アホッ、弱虫毛虫！　おとなのくせにムシがこわくってさわれないんだろ！　たかむらくんが死《し》んじゃったらおまえのせいだからな！　もういいいっ、たのまないよ！　たかむらくんはぼくが助《たす》ける！」

つかんで引っぱってもびくともしないムシに、（手じゃだめならこうだっ）とかみついた。刃物《はもの》で切ればやっつけられるなら、ぼくの歯《は》でだってやれるんじゃないか？

ガブッとかみついたとたん、じゅわっとべろがやけるかんじがしたけど、ムシも（ギャアッ）ってなったかんじがした。ぼくはもっとぎいぎいかみついて、固《かた》いするめをかじるときみたいに、つかんだ手と口とで引っぱった。

びりっとムシの体がさけたかんじがしたとたん、ムシはどろっととけて消《き》えた。

「や、やった」

ぼくは次のやつをつかみ、ガブッとかみついた。じゅわっとべろがやけるかんじは（ひいっ）ってふうに痛《いた》かったけど、ぼくはかみついた歯《は》は放《はな》さないでがんばった。だって、ぼくががんばらないと、たかむらくんが死《し》んじゃう。

三びき目のムシにかみついて、べろがじゅわっとなるのは、ムシの体の毒《どく》でべろがとけるらしいってわかった。でも、それがなんだ。ぼくはたかむらくんを助《たす》けるんだ！

一年生のときに、お父さんがふざけて、ぼくに十倍《ばい》カレーを食べさせた。ふつうのから口の十倍《ばい》からいカレーは、口の中に火がついたみたいなすごいからさで、何ばい水を飲《の》んでもベロがひりひりして、ぼくは二度《ど》とこんなのは食べないぞっ

て思った。

冥土虫《めいどむし》の毒《どく》は、あの十倍《ばい》カレーの十倍《ばい》もひりひりと、ぼくのべろをやいてる。きっと全部《ぜんぶ》のムシをやっつけるころには、ぼくのべろはとけてなくなっちゃってるにちがいない。

それでもぼくは、全部《ぜんぶ》のムシにかみついてやるって決《き》めてた。

たかむらくんが死《し》んじゃうのはいやだから。さびしがり屋《や》の泣《な》き虫おばけは、ぼくのともだちだから。ぜったい助《たす》けるんだ！

四ひき目のムシをつかんで、泣《な》きそうにべろが痛《いた》い口でかみつこうとしたときだった。

「わかった、もうよい」

お兄さんの声がため息《いき》をつくみたいにいって、「のけ」とおしのけられた。

「ムシどもよ、もといた冥府《めいふ》の住《す》みかにもどれ」

そういって、お兄さんが手に持《も》ってたおせんすでパンッと手をたたくと、たかむらくんにまきついてたムシたちはしゅるるる～っと消《き》えた。あっという間に一ぴきもいなくなったんだ。

あんまりかんたんにムシたちが消《き》えちゃったんで、ぽかんとなってたぼくをしり目に、お兄さんは、ぐったりと目をつぶってるたかむらくんに向《む》かって、「目ざめよ」とまた手をたたいた。

パンッと手が鳴ったのと同時に、たかむらくんは、びっくりして目をさましたっていうふうにビクッと目を開《あ》け、お兄さんを見て、「わっ、篁《たかむら》さまっ」と飛《と》びおきた。

ぼくは（ええっ？）と思ってお兄さんを見あげた。このこわくって意地悪《いじわる》な人が、たかむらくんが思いだすたんびに泣《な》いちゃうほど会いたがってた、『篁《たかむら》さま』なのか？　うっそだろ～。うん、きっとぼくの聞きちがいさ。

「おまえの名は『たかむら』だそうだな」

お兄さんがこわい声でいった。

「うそです、うそです、ごめんなさい！」

たかむらくんは、ぶたれてもあんまり痛《いた》くないように、うでで頭を守《まも》りながらさけんだ。

「では、まことの名をいえ」

「忘《わす》れてしもうたのです～」

たかむらくんは、ひ～んと泣《な》きだしながらいった。

「そういえば、使《つか》いに出たまま帰ってきておらぬ童子《どうじ》が一人おるが」

「えーんえーん」

「たしか神泉苑《しんせんえん》の竜神《りゅうじん》に、月見の宴《うたげ》の招待状《しょうたいじょう》をとどける役目だったな」

「ひーんひーん」

「だが竜神《りゅうじん》はあの年の月見にはやってこず、使《つか》いの童子《どうじ》も帰らなかった。それがおまえか」

たかむらくんはカメみたいに小さくちぢこまって、「ごめんなさい、ごめんなさい」とヒイヒイ声でわめいた。

「ちょっとだけ遊《あそ》ぼうと思うて寄《よ》り道してたあいだに、お手紙をなくしてしもうたのです。いっしょうけんめいさがしたのじゃけれど、どうしても見つからなくて。あきらめて帰ろうと思うたら、井戸《いど》がうめられていて、帰れなくなってしもうて」

「ええい、このばか者《もの》がっ」

お兄さんが、うずくまってるたかむらくんの頭をおせんすでぴしっとぶった。

ひいっと首をちぢめたたかむらくんに、ガミガミといった。

「さっさとあやまりにもどってくればよかったものを。失敗《しっぱい》をしかられるのがこわくてぐずぐずしておるうちに帰る道を失《うしな》い、自分の名すらも忘《わす》れた野良《のら》ばけになってしもうたのであろう。しかも、井戸《いど》の守《まも》りに置《お》いてあったわたしの勾玉《まがたま》で、人間の子どもを小鬼《こおに》にしてしまいおって！　おまえのようなやつは、冥界《めいかい》のそうじ屋《や》ムシに食われてしもうて当然《とうぜん》じゃ！」

「ごめんなさい、ごめんなさいっ」

たかむらくんはヒ～ンヒ～ンと泣《な》きながら、「ぜんぶぜんぶわしが悪《わる》いのです～」と声をふりしぼった。

「悟《さとる》が勾玉《まがたま》を飲《の》みこんで、ほんとのおばけになってしもうたのは、わしのせいです。悟《さとる》は悪《わる》くないのでござりまする～」

さっきは「悟《さとる》のドジじゃ」ってぼくにおこったたかむらくんは、そんなふうにぼくをかばった。

「じゃから悟《さとる》を助《たす》けてやってくださりませ！　悟《さとる》がおかあのところへ帰れるように、人間にもどしてやってくださりませ。お願《ねが》いいたしますう！」

「かわりにおまえは地獄落《じごくお》ちでもか」

お兄さんがこわいこわい声でいい、たかむらくんはひくっと息《いき》を飲《の》みこんだ。

でも、

「は、はい」

とうなずいた。それでもいいって。

「足をずぶずぶさされながら、針《はり》の山の針《はり》みがきをする身《み》になってもか」

「は、はい」

「その手をじりじりやかれながら、やけた鉄《てつ》の柱《はしら》のぞうきんがけをやることになってもか」

「は、はい」

「どろどろとくさった血《ち》の池で、おぼれながら池の底《そこ》をさらう仕事《しごと》もさせられるぞ」

「はい、か、かまいません」

あんなに泣《な》き虫のたかむらくんが、泣《な》くまいとしてきゅっとくちびるをかみしめながら、お兄さんのいうことに一つ一つうなずいていた。考えただけでもぞーっとなっちゃうような、痛《いた》そうでつらそうでこわい罰《ばつ》を、自分が受《う》けてもかまいませんって。

「そんなのしないでいいよ！」

「勾玉《まがたま》を飲《の》んじゃったのはぼくのドジで、たかむらくんは悪《わる》くないんだから！」

ぼくはどなった。

お兄さんはぼくを無視《むし》して、たかむらくんにいった。

「ではおまえは、この先千年も万年も地獄《じごく》でひどい暮《く》らしをすることになっても、この小鬼《こおに》を助《たす》けてほしいともうすのじゃな」

「はいっ、どうか悟《さとる》を人間にもどしてやってくださりませ」

「そんなのだめだよ！　ぼくはおばけのまんまでがまんするから、たかむらくんを地獄《じごく》になんかやらないで！」

ぼくはお兄さんの着物《きもの》をつかんで、こっちを向《む》かせようと引っぱった。

お兄さんはぼくの手をぱしっとはらいのけ、氷《こおり》よりも冷《つめ》たい声でいった。

「ならば、いまここでおまえの腹《はら》をさいて、勾玉《まがたま》を取《と》りもどすぞ」

「え……」

「この鬼斬《おにき》りの剣《つるぎ》で、おまえの腹《はら》を切りひらき、わたしの勾玉《まがたま》を取《と》りもどす」

そしてお兄さんは、どっから取《と》りだしたのか、ぎらっと光る長い剣《つるぎ》をぼくの顔の前につきつけた。

「こ、これで、ぼ、ぼくのおなかを切るの？」

きっと予防注射《よぼうちゅうしゃ》より百万倍《ばい》も痛《いた》いだろうなと思って、顔がひくひくしちゃったぼくに、お兄さんは、宿題《しゅくだい》を忘《わす》れた子に「しりたたき五回」っていいわたすときの北田《きただ》先生みたいな口調《くちょう》でいった。

「そうだ。おまえが飲《の》んだ勾玉《まがたま》は、小鬼《こおに》の腹《はら》の中などに置《お》いてはおけぬ宝《たから》の珠《たま》ゆえな」

「やめてくださりませ〜！」

と、たかむらくんが剣《つるぎ》を持《も》ったお兄さんの腕《うで》にしがみついた。わんわん泣《な》きながらいった。

「勾玉《まがたま》を勝手《かって》に使《つか》った罰《ばつ》はわしが受《う》けまするっ、どんな罰《ばつ》でも受《う》けまする。悟《さとる》はわしを冥土虫《めいどむし》から助《たす》けてくれたのです、だいじなともだちなのです」

「い、いいですっ」

ぼくはいった。

「ぼ、ぼくのおなか切っていいです。だからたかむらくんを地獄《じごく》なんかにやらないで！」

お兄さんはぼくとたかむらくんをじろ～りと見やり、「いやはや仲《なか》のよいことだな」とせせら笑《わら》った。

「ではまず、おまえへの罰《ばつ》だ」

そしてお兄さんは、おせんすでたかむらくんをぶった。そうしたら、たかむらくんがしゅるる～とちぢみはじめたんだ。

「お願《ねが》いしますう、悟《さとる》を助《たす》けてやってくださいまし～」

そうしくしく泣《な》きながら、たかむらくんは、空気がぬけてく風船みたいにどんどん小さくなっていき、最後《さいご》にころんっと小さな物《もの》になった。

「た、たかむらくんっ？」

ぼくは急《いそ》いでそれを拾《ひろ》いあげた。習字道具《しゅうじどうぐ》の一つの水差《みずさ》しだった。たかむらくんは、ぼくの手にちょこんと乗《の》ってしまう、子犬のかっこうの小さな水差《みずさ》しにされちゃったんだ。

ぼくはお兄さんがこわかった。こわくって苦手《にがて》な北田《きただ》先生より、一万倍《ばい》もこわかったけど、これはあんまりひどいやりかただった。たかむらくんをこんな物《もの》にしちゃうなんて、あんまりだ！

「ひどいですっ」

ぼくはお兄さんにいった。

「たかむらくんをこんなのにしちゃうなんて、ひどい！　お願《ねが》いします、たかむらくんをもとにもどしてあげてください」

「それが『もと』の姿《すがた》だ」

お兄さんはいった。

「え？」

「そやつはもともと、すずりに水を注《つ》ぎたすための水差《みずさ》しだ。百年使《つか》っていたうちに、たましいが宿《やど》って『つくも』というもののけになった。それで童子《どうじ》の姿《すがた》を与《あた》えて、使《つか》い役《やく》として仕《つか》えさせてやっていたのが、いいつけられた仕事《しごと》にしくじり、この始末《しまつ》だ。こうした罰《ばつ》は当然《とうぜん》だろう」

「で、でも、たかむらくんはいいこともしたんです！　智子《ともこ》ちゃんを食べようとしたムシをやっつけて、智子《ともこ》ちゃんを助《たす》けてあげたんです！」

「ああ、わかっておる。よって、おまえが飲《の》んだ勾玉《まがたま》をこやつが取《と》りもどせたな

ら、ゆるしてやることにしたのだ」

　お兄さんはそういって、水差《みずさ》しになっちゃったたかむらくんをぼくの手から取《と》りあげ、自分のてのひらに乗《の》っけて、

「悟《さとる》の腹《はら》の中から勾玉《まがたま》を取《と》ってこい」

といいつけた。

「ただし百数えるあいだに果《は》たせぬと、二人ともほろぶことになるぞ」

　そして、

「こんどはしくじるな」

といいきかせて、ふうっと息《いき》を吹《ふ》きかけた。

　すると、かちんと固《かた》かったたせとものちっちゃな子犬は、すわったかっこうの足をのばして立ちあがり、ぬれた犬がするみたいにぷるぷるっと体をふった。

「口を開《あ》けろ」

　お兄さんがぼくにいった。

ぼくは、なんかすごいことになりそうでこわかったんだけど、「腹《はら》を切りさかれるよりましなはずだぞ」といわれて、それはそうだと思った。目をつぶって思いきってエイッと口を開《あ》けた。

もごっと口の中に入ってきたのは、小さい子犬のたかむらくんらしい。でも、飲《の》みこんじゃった勾玉《まがたま》より倍《ばい》は大きい。それが、のどのおくのほうにもぞもぞと入っていったんで、ゲエェッとなった。

「こらえろ。腹《はら》の中に入らねば勾玉《まがたま》は取《と》りもどせぬのだ」

ぼくは泣《な》きそうになりながら、なんとかがまんしようとした。たかむらくんがグリグリッとのどをくぐっていくあいだ、苦《くる》しくって死《し》んじゃうかと思った。

それがすとんって楽になったら、こんどは胸《むね》の中の食べた物《もの》が通っていくあたりが、気持《きも》ち悪《わる》くくすぐったい。たかむらくんがもぞもぞとおなかの中へ下《お》りていってるんだ。

それがまたすっと楽になったと思ったら、こんどは、下《お》りてったところをぎゃくに登《のぼ》ってくるかんじ。

これは、下《お》りてくときの千倍《ばい》も気持《きも》ち悪《わる》かった。ゲエッてはいちゃうときのかんじが、ゆっくりゆっくりのどのほうへ上がってくるんだ。

「うっ、うっ」

ぼくはおなかと口をおさえて、その気持《きも》ち悪《わる》さをなんとかしんぼうしようとした。でも、たかむらくんがのどの下のところまできたときには、もうがまんできなかった。

ぼくは体を二つに曲《ま》げて、

「ゲエエェッ!」

とはいた。

固《かた》いかたまりが、なみだが出ちゃう苦《くる》しさといっしょに、グリグリッとのどを通ったのがわかり、口から外へ飛《と》びだした。

とたんにズシッと体が重《おも》くなった。おばけから人間にもどったときのかんじだった。

や、やった! 飲《の》みこんじゃってた勾玉《まがたま》を、おなかから出せたんだ!

お兄さんは体をかがめて、ぼくがはきだした勾玉《まがたま》と、ちっぽけな子犬のたかむらくんを拾《ひろ》いあげた。

「うむ、たしかにわたしの勾玉《まがたま》だ。約束《やくそく》どおり、おまえをゆるしてやろう。おまえの忘《わす》れた名を返《かえ》してやるゆえ、こんどはしくじりなくまじめに仕《つか》えるのだぞ」

そして、ワンッてかんじに口を動《うご》かし、しっぽをふったせとものの子犬に向《む》かっていった。

「おまえの名は『篁《たかむら》の水月《すいげつ》』だ。二度《ど》と忘《わす》れるな」

それは魔法《まほう》の言葉《ことば》だったにちがいなかった。だってお兄さんがそういったと思うと、小さな子犬はみるみる、もとのたかむらくんの姿《すがた》にもどったんだ。

「たかむらくんっ」

と飛《と》びついた。でも、だきつくはずだったぼくのうでは、すかっとたかむらくんを通りぬけた。

あ、そうか、ぼくは人間にもどったから、おばけのたかむらくんにさわれなくなっちゃったんだ。

「さて、これをかたづけねばならぬな」

お兄さんがつぶやいて、手に持《も》ったおせんすを半分開《ひら》くと、井戸《いど》に向《む》かってひらとふった。

「水よ、治《おさ》まれ」

そのとたん、ガボガボとわきだしていた水は、水道のじゃ口をしめたみたいにピタリと静《しず》まり、井戸《いど》からあふれるのをやめた。

「水がもどったこの井戸《いど》には、番人が必要《ひつよう》だ」

お兄さんはおせんすにのせた勾玉《まがたま》を顔の前に持《も》っていくと、ふうっふうっふうっと三度《ど》息《いき》をふきかけていった。

「千年を経《へ》た『篁《たかむら》の勾玉《まがたま》』よ、そなたの主《あるじ》である小野 篁《おののたかむら》が命《めい》じる」

それを聞いて、ぼくは（わあ）と思った。このこわいお兄さんは、ほんとに『篁《たかむら》さま』だったんだ。それってつまり、この人はお父さんがいってた伝説《でんせつ》の『小野 篁《おののたかむら》』ってことだ。すごいぞ、ぼくは伝説《でんせつ》のほんものを見てるんだなあ。

篁《たかむら》さまはお祈《いの》りをいうみたいな調子《ちょうし》でつづけた。

「そなたの智恵《ちえ》と霊力《れいりょく》とで、現世《げんせ》と冥界《めいかい》との通路《つうろ》であるこの『篁《たかむら》の井戸《いど》』を、ふたたび正しく整《ととの》え、しかと守《まも》れ。現世《げんせ》のものも冥界《めいかい》のものも、勝手《かって》に通らせてはならぬぞ」

そして勾玉《まがたま》をポンと空中に投《な》げあげた。

勾玉《まがたま》は空中でまぶしくピカアッと光り、光はすうっと人の形にちぢまって、篁《たかむら》さまそっくりの姿《すがた》になった。

勾玉《まがたま》が化《ば》けたたかむらさまは、ほんものの篁《たかむら》さまに向《む》かってうやうやしく頭を下げ、「かしこまりました、篁《たかむら》さま」と篁《たかむら》さまそっくりの声で返事《へんじ》した。

ぼくは（うわー）と思った。これじゃ、どっちがほんものかわかんないぞ。

「帰るぞ、水月《すいげつ》」

篁《たかむら》さまがたかむらくんに向《む》かってあごをしゃくった。

「悟《さとる》に別《わか》れをいえ」

そうか、お別《わか》れなんだ。

ぼくはしゅんとさびしくなりながら、たかむらくんにあくしゅの手を差《さ》しだした。たかむらくんも手を出したけど、ぼくたちの手はおたがいにすかっと通りぬけちゃって、さわりあえなかった。ぼくは人間で、たかむらくんはおばけだからだ。

「ねえ、ぼくは来年の夏休みもくるけど、また遊《あそ》べるかな」

たかむらくんはこそっと篁《たかむら》さまを見あげ、

「それはできぬ」

と首を横《よこ》にふった。

「そっか……せっかくともだちになったのにな」

ぼくはきゅうっとこみあげてきたなみだをがまんして、笑《わら》ってみせた。

「うちに帰れてよかったな。あっちにはともだちがいっぱいいるんなら、もうさびしくないよな。ぼくも東京《とうきょう》に帰れば、学校のともだちがいっぱいいるし。えええと、元気でね。おばけになったの、おもしろかったよ。だから、あの、さよならっ」

「うん、さらばじゃ」

小さな声でいったたかむらくんは、泣《な》きべそ顔になってた。

「泣《な》き虫おばけ」

って、からかってやった。

たかむらくんはうつむいて、「泣《な》いてなどおらぬ」とうそをついた。

「遠くの友とおりおりに文《ふみ》を交《か》わすのは、楽しみなものだ」

篁《たかむら》さまがそっぽを向《む》きながら、ひとり言らしくいった。

「井戸番《いどばん》よ、水月《すいげつ》に文《ふみ》が参《まい》ったらとどけよ」

「かしこまりました」

「ではな、悟《さとる》。二度《ど》と小鬼《こおに》になどならぬよう、息災《そくさい》で暮《く》らせ」

「はい。篁《たかむら》さま、さようなら。たかむらくん……じゃなかった、水月《すいげつ》くん、バイバイ」

「さらばじゃ、悟《さとる》」

篁《たかむら》さまとたかむらくんは、すいっと飛《と》んで井戸《いど》に入っていき、ぼくは見おくろうと井戸《いど》にかけよってのぞきこんだ。

二人は水でいっぱいの井戸《いど》の中を、透明《とうめい》なエレベーターに乗《の》ってるかんじですうーっと下《お》りていき、やがて底《そこ》のほうのまっ暗《くら》やみにまぎれて見えなくなった。たかむらくんは最後《さいご》まで、ぼくを見あげて手をふってた。

「バイバイ、たかむらくん……」

13 篁《たかむら》の井戸《いど》

たかむらくんは帰っちゃったし、空はもう夕やけで真《ま》っ赤になってるし、おなかもすいてたんで、ぼくも家に帰ろうと歩きだした。

そこへ、おっかない顔をした和夫《かずお》おじさんとお父さんとお坊《ぼう》さんがやってきた。

お父さんはぼくを見ると、「悟《さとる》かっ？」とかけよってきてぼくのかたをつかまえ、「ほんものだよな？」と聞いた。

「智子《ともこ》が泣《な》きながら帰ってきて、井戸《いど》があふれておばけムシがどうのと、わけのわからんことをいってるんだが」

おじさんがぼくをにらみつけながらいった。

「兄き、智子《ともこ》ちゃんがいってたのはうそじゃないぞ」

お父さんが井戸《いど》を指《ゆび》さしてさけんだ。

「みろよ、うめてあった井戸《いど》が満水《まんすい》だ」

そして井戸《いど》をのぞきにいって、びっくり顔でふりかえった。

「おまけに昔《むかし》どおりに深《ふか》くなってる！　いったいどうなってるんだ？」

お父さんたちについてきた年《とし》よりのお坊《ぼう》さんが、「むっ、な、なに者《もの》じゃ」となった。

お坊《ぼう》さんは、井戸《いど》の横《よこ》に立ってる勾玉《まがたま》が化《ば》けたたかむらさまを見てたんで、ぼくは「井戸《いど》のたかむらさまだよ」って教えてあげた。

「井戸《いど》のタカムラって……小野《おのの》篁《たかむら》のゆうれいでもいるのか？」

お父さんが目をキラキラッとさせながら聞いた。

「ちがうよ、ゆうれいじゃなくって、ええと……コピー！　ほんものの篁《たかむら》さまはたかむらくんをつれて冥界《めいかい》に帰った。そこにいるたかむらさまは、井戸《いど》の番人をする勾玉《まがたま》のたかむらさまだ」

「いったいなにがどうなってるんだ？」

おじさんが頭が痛《いた》くなったらしい顔でうめき、「おしょうさま、いったいこれは……」とお坊《ぼう》さんに目を向《む》けた。

「ナムナムナム」

お坊《ぼう》さんは口の中でモゴモゴいって、手に持《も》った数珠《じゅず》をジャラッジャラッとふり、井戸《いど》のたかむらさまに「へへーっ」とおじぎをしてからいった。

「この井戸《いど》に強い神霊《しんれい》がお宿《やど》りなされた。大切におまつりせねばいけませんぞ。井戸《いど》を取《と》りこわすなど、言語道断《ごんごどうだん》」

おじさんは（なんじゃ、そら）って顔をしたけど、「はあ」とうなずいた。それからガシャガシャと頭をかいた。


家に帰ったぼくは、お父さんたちから質問《しつもん》ぜめにあい、今日あったことを十ぺんも話させられた。

おばあちゃんの部屋《へや》のしょうじやろうかのかべに脅迫状《きょうはくじょう》を書いたのは、ぼくだっていうのもバレた。

お母さんはぼくのおしりをビシバシぶったうえに、しょうじの張《は》りかえと、かべのそうじをいいつけた。

「ぜんぶきれいにするまで、ごはんは食べさせてあげません」

っていったお母さんは、本気でカンカンにおこってた。

しょうじの紙を曲《ま》がったりしわにならないように張《は》りなおすのはたいへんで、

お母さんはようすを見にきては「ここがまだだめ」って何回もやりなおしさせ、ぼくは（オニババだっ）と思った。緑色《みどり》のクレヨンはゴシゴシこすってもなかなか落《お》ちなくて、手が痛《いた》くなった。こすってもこすっても、ちょっとずつしかうすくならないんだ。

しかも人間にもどったぼくは、うではすぐくたびれちゃうし、腹《はら》ぺこのおなかはぐうぐう鳴りっぱなしで、泣《な》きたくなってきた。

おまけに台所《だいどころ》のほうから、ドーナツをあげるいいにおいがしてきたけど……ぼくは、「井戸《いど》にいったら夏休みじゅうおやつはなし」っていうお母さんのいいつけを破《やぶ》っちゃったから、ドーナツは食べさせてもらえないんだよなあ。

こんなことなら、おばけのまんまのほうがよかったかなあ、と思ってたときだった。

ろうかをお母さんがやってきて、「よしよし、まじめにやってるみたいね」といいながら、ぼくの手もとをのぞきこんできた。

「あとちょっとね」

「うん」

「じゃあ、これ食べて、がんばっちゃいなさい」

そういって、お母さんがせなかのうしろから出してきたのは、ドーナツののったお皿《さら》！

「ごはん前だから、一こだけよ」っていって、ドーナツのおやつをくれたんだ。

ぼくはお皿《さら》に飛《と》びかかって熱々《あつあつ》のドーナツをつかみ、ハフハフいいながら食べた。あげたての熱《あつ》くってあまいドーナツは、世界《せかい》じゅうにこれ以上《いじょう》おいしいものはないにちがいないぐらいおいしくって、ぼくは、（人間にもどれてよかった！）

と心の底《そこ》から思った。

14　文通ともだち

その夜、おばあちゃんが、『小野篁《おののたかむら》』さまの話をしてくれた。お父さんがいってたとおり、なんと千二百年も昔《むかし》の人なんだって。

お正月にやる百人一首《ひゃくにんいっしゅ》のかるたの中の、「わたの原《はら》　八十島《やそしま》かけて漕《こ》ぎ出《いで》ぬと人には告《つ》げよ　海人《あま》の釣舟《つりぶね》」っていう和歌《わか》を作った人で、すごく頭がよくて、とっても字が上手だったんだって。

「それとなあ、珍皇寺《ちんのうじ》さんゆうお寺の井戸《いど》から、冥土《めいど》に通わはったゆう伝説《でんせつ》があるんやわ。冥土《めいど》ゆうのは、死《し》んだ人がいくあの世《よ》のことやけど、小野篁《おののたかむら》ゆう人は、生きてるうちから冥土《めいど》の役所《やくしょ》のえらいお役人《やくにん》やったたって」

「うん、お父さんもそういってた」

「そのお人が、冥土《めいど》とこの世《よ》とを通うのに使《つか》いなさった井戸《いど》は、珍皇寺《ちんのうじ》さんのだけやなくて、うちの井戸《いど》もそうやったいう話がのこっとるのやわ。それで、井戸《いど》の底《そこ》に石塔《せきとう》がしずめてあるのやと。ほんとかうそか、わからん話やと思うてたけど、ほんとやったんやねえ」

「でも、このかるたの絵はぜんぜん似《に》てないなあ。篁《たかむら》さまは、もっとうんと若《わか》くてカッコよかったよ。おこりんぼでこわいけどさ」

おばあちゃんは「おやおや」と笑《わら》って、

「それなら、冥土《めいど》へいくのも楽しみやねえ」

といった。


智子《ともこ》ちゃんは、ぼくがかいてやったたかむらくんの似顔絵《にがおえ》を見て、「こういうおばけだったら、こわくないわ」っていった。

「さびしかったんなら、ともだちになってあげたらよかったなあ」

ぼくはたかむらくんへの手紙に、そのことを書いてあげた。きっと喜《よろこ》ぶと思って。

たかむらくんに手紙を書いたのは、あのとき篁《たかむら》さまがいってた「遠くの友と文《ふみ》を交《か》わすのは楽しいものだ」ってひとり言は、たかむらくんと文通していいって意味《いみ》だろうって、お父さんがいったからだ。

フミっていうのは手紙のことで、文通っていうのは、手紙をあげたりもらったりすることだ。

だからぼくは、東京《とうきょう》に帰ってきてから、たかむらくんに手紙を書いたんだ。とどくといいな、返事《へんじ》がくるといいなと思いながら、手紙を家の近所《きんじょ》のポストに入れた。

あて先は、おばあちゃんちの住所《じゅうしょ》の『たかむらの井戸《いど》内、たかむら水月《すいげつ》くんへ』。

ちゃんととどくかなあ。とどくといいなあ。

そして一週間後。たかむらくんから返事《へんじ》がきた！　学校のプールから帰ってきたら、ぼくのつくえの上に、変《へん》な紙づつみが置《お》いてあって、開《あ》けてみたら、中にたかむらくんからの手紙が入ってたんだ。

ぼくはうれしくっておどっちゃいながら、たかむらくんからの返事《へんじ》を読んだ。

それから、お父さんたちにも手紙を見せてあげようとしたんだけど、「見て」ってお父さんにわたしたとたんに、手紙はけむりみたいになってすうっと消《き》え

ちゃった。

「うわあ、おばけからの手紙は、おばけなのか?」

お父さんが目を丸くしていい、お母さんが、「いやねえ」と顔をしかめた。

「悟《さとる》が文通するのはいいけど、お母さんはきみの悪《わる》いことはごめんよ」

ぼくは、次からは手紙がきてもお父さんたちには見せないでおくことにした。

せっかくもらった手紙が消《き》えちゃうなんて、がっかりだもんな。

ぼくは一週間にいっぺん、たかむらくんに手紙を出し、たかむらくんからも一週間にいっぺんずつ返事《へんじ》がくる。

この前の手紙で、学校の絵をかいて送《おく》ったら、きのうきた返事《へんじ》には、たかむらくんが住《す》んでる篁《たかむら》さまの家の絵がかいてあった。神社《じんじゃ》みたいな変《へん》な家だった。

作者●たつみや章（たつみや　しょう）

1954年、神奈川県に生まれる。明治大学文学部史学地理学科卒業。『ぼくの・稲荷山戦記』で講談社児童文学新人賞受賞。『水の伝説』で産経児童出版文化賞ＪＲ賞を、『月神の統べる森で』（以上講談社）で野間児童文芸賞を受賞する。作品に「古代ファンタジーシリーズ・四部作」（講談社）、『じっぽ　まいごのかっぱはくいしんぼう』『スズメぼうし』（あかね書房）などがある。熊本県在住。

画家●広瀬　弦（ひろせ　げん）

1968年、東京都に生まれる。「かばのなんでもや」シリーズ（リブロポート）で産経児童出版文化賞推薦を受賞。たつみや章氏の作品の挿画で独自の世界・個性的なキャラクターを描き、人気である。その他の挿画の作品に『パンやのくまちゃん』（あかね書房）『お月さまのたまご』（学習研究社）ほか多数がある。絵本の作品に『ハリィの山』（ブロンズ新社）『かってなくま』（偕成社）ほかがある。東京都在住。

装丁　木下容美子

あかね・新読み物シリーズ・15

冥界伝説・たかむらの井戸

発行日＝2003年３月　第１刷発行
2007年８月　第９刷
作　者＝たつみや章
画　家＝広瀬弦
発行者＝岡本雅晴
発行所＝株式会社あかね書房
郵便番号101-0065
東京都千代田区西神田3-2-1
電話(03)3263-0641 (代)
印刷所＝錦明印刷株式会社
製本所＝株式会社難波製本

NDC913 147P 21cm
ISBN978-4-251-04145-6